Владаf

Флуктуация Катова

2024

Copyright © 2024 by **Vladarg Delsat**

All rights reserved.

No part of this publication may be reproduced, distributed, or transmitted in any form or by any means, including photocopying, recording, or other electronic or mechanical methods, without the prior written permission of the publisher, except as permitted by copyright law.

The story, all names, characters, and incidents portrayed in this production are fictitious. No identification with actual persons (living or deceased), places, buildings, and products is intended or should be inferred.

Book Cover by **StudioGradient**

Edited by **Elya Trofimova & Nadezhda Togobitskaya**

Copyright © 2024 by **Владарг Дельсат (Vladarg Delsat)**

Все права защищены.

Никакая часть этой публикации не может быть воспроизведена, распространена или передана в любой форме и любыми средствами, включая фотокопирование, запись или другие электронные или механические методы, без предварительного письменного разрешения издателя, за исключением случаев, предусмотренных законом об авторском праве.

Сюжет, все имена, персонажи и происшествия, изображенные в этой постановке, являются вымышленными. Идентификация с реальными людьми (живыми или умершими), местами, зданиями и продуктами не подразумевается и не должна подразумеваться.

Художник **StudioGradient**

Редакторы **Эля Трофимова** и **Надежда Тогобицкая**

Глава первая

Говорят, на Авалоне будет простор, а не душная затхлость мегаполисов, небольшие дома, разбросанные по планете, ну и... Не очень верится, конечно, но меня всё равно никто не спрашивает. Родители повелись на сладкие обещания, четыре сотни таких же лохов загрузили на космический корабль, и потащились мы через полгалактики маленькими прыжками. Три года уже тащимся, впереди лет пять ещё, если ничего не изменится. То есть я закончу школу и... И что? Университетов здесь нет, что я буду делать?

Впрочем, до тех пор времени ещё много. Мне четырнадцать, прав у меня никаких, зато обязанностей сколько угодно. При этом предки потихоньку звереют, потому я их стараюсь не злить.

Вон Мадина, подруга моя, отца рассердила, неделю к стулу с опаской приближалась. Мы побежали к учителям, а они разводят руками — на корабле большая часть законов не работает. Перевожу: детей, то есть нас, бить можно. До моих или не дошло, или пока ещё помнят, что они интеллигентные люди. Хотя мальчишек уже, по слухам, активно воспитывают. Предки мгновенно забыли свои принципы и перешли к силовым методам воспитания. А я не Лилька, мне боль не нравится. Это с Лилькой то ли предки перестарались, то ли замкнуло её, в общем, чуть ли не оргазмирует от боли. Старается спровоцировать, а её батя, придурок, только рад…

Вообще странно изменились предки. На Земле были такие правильные, а здесь всего за три года озверели совершенно, хотя, если подумать, чем корабль отличается от мегаполиса? Да почти ничем! А вдруг их на работе бьют, если плохо работают? Да нет, не может быть! Ну а если так всё-таки? Тогда понятно, чего озверели, конечно, я бы тоже озверела. Но в это я не верю; представить, что маман огребает ремня от чужого дядьки… м-м-м… сладкая картина, жалко, невозможная.

Мать моя родила меня против воли, залетев от папки. Об этом мне говорят лет с трёх, ну и о том, что надо было меня в кульке на мусорку выкинуть, чтобы загнулась. Папка меня любит, а вот маман... Ну, в общем, в детстве я от этих рассказов да пожеланий ревела, а как подросла — озверела. На корабле детдомов нет, потому просто отказаться и выкинуть меня, как на поверхности, у неё не выйдет. К тому же я много детей нарожать могу, а она уже нет, что-то сломалось у неё после родов, я не вникала. То есть для сообщества я более ценна, чем она. Правда, это не мои слова, учитель нам объяснил.

— Привет, Машка, — улыбается мне Танька. — Домашку дашь списать?

— Да бери, мне не жалко, — возвращаю я улыбку. — Чего нового слышно?

Танька всё обо всём и обо всех знает. Слухи подбирает, фильтрует и щедро делится с окружающими. Мы встречаемся на пересечении коридоров. В корабле всегда двадцать два градуса, поэтому все одеты по-летнему, жарко иначе будет. Земля с её странным, почти марсианским климатом, остаётся позади, а здесь у нас климат постоянный, потому нет смысла шубы доставать. Я сегодня в летнем платье, захотелось мне так, ну и мальчишек побесить, конечно. Они, когда видят девчонку в платье до середины бедра, соображалку вообще отключают. А мне нравятся их жадные взгляды, потому что на корабле мне ничего не угрожает.

— Ой, что я слышала! — сообщает мне Танька. — Ты не поверишь!

Значит, сюрприз или из малореальных или мне точно не понравится. Когда Танька так говорит, то новости, скорее всего, так себе, да и сбывается почти всё. Совет Переселенцев, который всем на корабле заправляет, очень любит всяческие пакости, особенно тем, кто им ответить не может. А Танька смотрит совсем не с улыбкой, значит...

— Давай, — обречённо отвечаю ей. — Жги!

— Совет собирается по поводу методов воспитания, — сообщает она мне. — Говорят, хотят продавить наказания в школе.

— В смысле «наказания»? — не то, чтобы я не поняла, но верить в такое просто не хочу.

— По жопе, — коротко отвечает мне подруга.

Это плохо, даже очень плохо, потому что раз предкам вполне официально разрешили, то и в школе могут. Но тут есть нюанс — предки не возбухнут за своих чад? Им настолько всё равно? Ну мои-то точно нет, мои только рады будут, особенно маман, а папка, он, конечно, хороший, но мягкий, поэтому посчитает, что Совету виднее. То есть для меня новость очень плохая, хуже некуда.

— А с какого?.. — интересуюсь я.

— Кто-то из парней чуть ли не в реактор

залез, — рассказывает Танька. — Ну вот и пошли разговоры на тему того, что нужно жёстче воспитывать, а то мы от скуки с жиру бесимся. Ну какая-то такая логика...

— Понадеемся, что на слухах всё остановится, — тяжело вздыхаю я, а подруга меня обнимает. У неё предки жёсткие, сами на неё руку не поднимут, а вот на такое нововведение согласятся точно.

Озверели за какие-то три года взрослые. Мы им, конечно, даём жару, но нам положено — возраст такой. Видимо, решили забить, так как с корабля нам деться совсем некуда. Не в смысле махнуть рукой, а в смысле, бить так, чтобы мысли не возникало что-то нарушить. Страшно. Ещё и потому страшно, что Танька обычно в отношении гадостей не ошибается.

Коротко взрёвывает низкий голос сирены. Мы с Танькой переглядываемся, а в следующее мгновение несёмся к спасательным ботам. Это небольшие космические корабли, по идее, автоматические. Они предназначены для эвакуации тех, кто успеет до них добежать, поэтому бывают тренировки. Вот сейчас явно тренировочная тревога, потому что ничто не предвещало, но в свете последних новостей надо добежать. Потому что если за такие вещи начнут лупить, да при всех... Понятно, в общем.

Буквально пролетаем по коридорам, озаряемым мигающими красными огнями, чтобы запрыгнуть в тамбур бота за мгновение до того, как дверь закрывается. Но этого мало, надо ещё доложить, а то будет считаться, что мы дохлые, а проверять, что будет в этом случае, мне не хочется.

— Бот... — я оглядываюсь, ища номер, — номер четыре готов. На борту двое.

— Бот номер четыре женский, — откликается спокойный голос дежурного. — Норматив отлично.

Боты делятся на семейные, женские и мужские. Я, видимо, от страха, запрыгнула в женский, так что всё сделала правильно. Теперь нас тут промурыжат некоторое время, а потом выпустят на уроки. Точно, домашка! Я, зная, что все боты прослушиваются, делаю знак Таньке подыграть мне.

— Давай пока повторим заданное на сегодня, — громко произношу я.

— Какая хорошая идея! — с воодушевлением отвечает мне Танька.

Ну, надеюсь, в наш театр хоть кто-нибудь поверит...

Владарг Дельсат

На уроке ещё немного потряхивает — и от новостей, и от тревоги этой долбаной, и оттого, что нужно очень внимательно следить за словами в боте. Только, похоже, уже не только в боте. Парни какие-то притихшие, на учителя с опаской косятся. Это неспроста. Достаю учебник, делаю внимательное лицо и с интересом смотрю на экран доски. Ну, что нам принесет урок истории сегодня?

— Добрый день, — здоровается Пётр Палыч, историк наш.

Человек он добрый, на мой взгляд, никогда голоса не повышает, не выходит из себя. Когда учитель на тебя орёт — вдвойне противно. И пугает, и выглядит он сам при этом так себе. А Пётр Палыч оставляет воспитание на родителей, а сам привычно смотрит поверх голов, будто разглядывает что-то в глубине веков.

— Сегодня вам была задана тема «История создания гипердвигателя», — с задумчивыми интонациями продолжает учитель. — Кто мне может сказать, почему мы, несмотря на гипердвигатель, всё равно летим годами?

Каверзный вопрос предполагает ответ с точки зрения истории, что само по себе не так просто. По современным верованиям, гипер прыгает по прямой, а на пути планеты, звёзды, вот и приходится останавливаться, прокладывая следующий отрезок пути. А вот с точки зрения истории… Я задумываюсь, что видит Пётр Палыч, немедленно указывая на меня лучом указки. Поднимаюсь, пытаясь сосредоточиться.

— С момента создания гипердвигателя производились опыты по достижению максимального расстояния… — понеслась… Теперь дат побольше, ссылок на исторические личности и, глядишь, проскочу.

В свете новостей, донесённых Танькой, мне просто страшно, потому что боль я не люблю. А тут, скорее всего, предусмотрят всё, включая сопротивление. Так что лучше никого не доводить. Пётр Палыч внимательно слушает, кивая, затем объявляет пятёрку, милостиво отпустив меня. Он пристально смотрит на класс, при этом кажется, что прямо в глаза глядит. Странный он какой-то…

— Ещё в древности, — начинает лекцию учитель, — было замечено, что одним из лучших стимулов является боль. С развитием культуры человечество предпочитало искать другие стимулы, но тем не менее раз за разом…

Лекция льётся, как всегда, но я-то теперь понимаю, о чём он говорит. Я вижу, что большинство не особо слушает Петра Палыча, думая, что затем в учебнике прочтут. К счастью, длинные волосы не могут встать дыбом, ибо лекция сводится к тому, что лучшим стимулом к саморазвитию, соблюдению правил и так далее является боль, а лучшим наказанием — публичное унижение. Они там с ума посходили? Нужно думать, как противостоять такому мракобесию, ведь если начались лекции на эту тему, то скоро нас поставят перед фактом! А я не хочу! Как же быть?

Нужно будет собрать ребят после уроков, чтобы вместе подумать о том, что нам делать. Восстание тут не поднимешь: служба безопасности легко переловит и устроит такое — мало не покажется. Но должен же быть выход! Большинство ещё может рвануть к родителям с мольбой о защите, а что делать таким, как я? Как Танька? Я не знаю, просто не понимаю, и всё.

Второй урок неожиданно отменяется. То есть отменяется алгебра, а не сам урок, потому что в класс входит наш куратор. Это отвечающий за класс специальный учитель, занимающийся вопросами дисциплины, отстающими, общением с родителями... В руках куратора стопка маленьких карточек типа удостоверения личности. На каждой — фотография и имя, насколько я вижу. Молча положив перед каждым салатового цвета карточку, куратор подходит к учительскому столу, резко разворачиваясь.

— Вы должны хранить эти карточки и предъявлять их по первому требованию, — сообщает он. — Карточку проверить имеет право любой учитель, безопасник и чиновник. В карточку вносятся ваши нарушения. Как только число нарушений превысит определённый лимит, карточка пожелтеет, а если она покраснеет, то я вам не завидую. Вопросы?

— Что это за карточки? — выкрикивает кто-то из парней.

— По примеру древних, мы назвали их вашими личными кондуитами, — отвечает куратор. — Существует ещё и общий, на каждый класс, поэтому, если даже вы потеряете карточку, вас это не спасёт. Это понятно?

— А отчего нас должно спасать? — удивляется тот же голос.

— Об этом с вами поговорят позже, — уходит от ответа учитель. — Вопросов больше нет. Сидеть тихо до конца урока, нарушения регистрируются автоматически.

У меня холодеют ноги. Эти «кондуиты» — явно первый шаг к тому, чтобы начать бить, иначе зачем они нужны? Наверное, дождутся, пока накопится достаточное количество «красных», и устроят «публичное унижение», как историк заявил. Господи, сделай так, чтобы это меня не коснулось! Ведь на корабле даже вены себе не перережешь, искусственный разум следит за всеми! Получается, вообще никакого выхода нет?

Несмотря на то, что нам о наказаниях не объявили, я оглядываюсь на Таньку. Её глаза мне очень хорошо говорят о том, что она тоже сама всё прекрасно поняла. В них такая же паника, как, наверное, и в моих. Это-то точно теперь не слухи и не шутки. Тут пахнет уже планом, который должен запереть нас в жёсткие рамки. Но долго думать об этом не приходится — резко звучит ревун сирены эвакуации.

Понятно, зачем повторили учебную тревогу — нам только что раздали карточки, не хотят тянуть с первыми жертвами. Это я думаю на ходу, со всех ног направляясь к боту. Теперь главное — не перепутать женский и мужской символ. В душе оживает надежда на то, что эта тревога настоящая и меня сейчас отстрелит в пространство, чтобы никогда не видеть внезапно ставший страшным корабль.

Я влетаю в бокс, ныряю в начавшийся закрываться люк, а потом с силой втаскиваю туда же чуть замешкавшуюся Таньку. Некоторое время мы стоим, переводя дыхание и ошалело глядя друг на друга, потом я с силой бью по кнопке — надо доложить. Но внезапно оказывается, что процедура изменилась.

— Приложите кондуиты спасшихся к сенсорной панели, — равнодушным голосом со скучающими интонациями произносит дежурный.

Я беру в руку карточку, забирая такую же у Таньки, и прикладываю к обнаружившемуся на пульте чёрному квадрату. Голос дежурного говорит об отличном нормативе, желает и в дальнейшем не щёлкать клювом. При этом сообщает, что мы можем отдохнуть. Я пытаюсь научиться дышать спокойно, а Танька плачет. Слишком много всего для неё оказывается, похоже. Я обнимаю её, понимая, что варианты у нас — только на тот свет, куда и так не очень-то просто попасть. Что же делать?

Глава вторая

— Это Гопкинс с немцем этим непроизносимым, — тихо говорит Катя, когда мы собираемся девчачьей толпой в туалете. Здесь нет камер, потому и собираемся. — Они всё начали.

— А наши? — интересуюсь я, хотя ответ знаю.

— А наши на них смотрят открыв рты, — сморщившись, отвечает мне на этот раз Танька. — А то ты не знаешь, как наши с иностранцами.

— И что, просто так предложили? — спрашиваю я, потому что в голове не укладывается: столько лет были нормальными, и вот...

— Помнишь, пацаны какие-то чуть в реактор не залезли? Петровский и ещё один... — напоминает мне Катя. — Так вот, этот Гопкинс начал вещать, что лучше больные жопы сейчас, чем трупы на новой планете. И предложил с семи лет... всех!

— И наши согласились? — ошарашенно спрашиваю я. — Чтобы кто-то чужой бил...

— Пока не соглашаются, но это вопрос времени, — вздыхает Катя.

Катьку, в отличие от нас всех, дома лупят, поэтому ей не привыкать. Но, глядя на неё, я не хочу такой быть. Забитая девчонка, отчаянно боящаяся сделать что-то не так. А как она боится оценок! У неё от тройки слезоразлив начинается, а когда ей со злости математичка кол влепила, так Катьку, думали, уже не откачают. У неё сердце от страха остановилось. Ненадолго, но остановилось же! Я не хочу так! Не хочу всего бояться!

Значит, нужно искать выход. Нужно думать, как спастись, потому что забитая Машка мной уже точно не будет, лучше смерть! Что же придумать? Обкладывают нас грамотно, спасения точно нет. Катьку чуть не выкинули, когда неизвестно было, сможет ли она ходить.

«Выкинуть» — мы так называем утилизацию. «Новая колония не может себе позволить возиться с калеками». То есть любая инвалидность — смерть, и им наплевать, что это ребёнок.

Выкинут в космос без скафандра, и всё. Катька, вон, с жизнью прощалась, да и сейчас часто дрожать начинает, ещё кошмары у неё, по слухам. На самом деле никого ещё не утилизировали, но слухи — один другого страшнее, даже думать не хочется. Нас всех обследовали перед полётом, у кого что было — тех не взяли. Кто с родителями остался, кто в детский дом угодил, пытаясь пережить это предательство близких.

Так было не всегда, конечно. Я ещё на Земле по малолетству нашла в старых подвалах, где мы с пацанами лазили, книгу по истории. Бумажную! Вот там рассказывалось о большой стране, где жили своим умом, а не «как Европа скажет». В общем, было написано совсем не то, что сейчас. Сейчас-то... Европейцы-де нас из грязи подняли и научили читать, писать и ходить не под себя. Не верю я в эту историю, но болтать такое нельзя — исчезнешь. В год столько людей исчезает, одним больше, одним меньше, объявят сдохшей, и всё.

Но Катька права — это вопрос времени. Наши точно не возразят, даже не попытаются, а моментально примут его точку зрения. А чего с нас начинают — тоже понятно. Мы для них вообще не люди, слышала я как-то, о чём немцы промеж собой говорили. Малышей жалко до слёз, себя, правда, тоже. Дело же не только в том, что будет больно, дело в самом ритуале. Читала я недавно, как это в древности происходило — раздевали догола. А готова я светить своими... признаками... на всю Ивановскую? Вот то-то и оно...

Значит, нужно искать выход, а какой может быть выход в этих условиях? Если думать логически... Спрятаться на корабле не спрячешься — камеры вокруг. Любых потеряшек находят за минуты, это мы уже проходили. Парни сумели залезть туда, куда они залезли, потому что им позволили это сделать, и все это понимают. Все понимают, даже эти, из Совета! Но тупо смотрят на немцев с англамиё как бараны, готовые принести в жертву кого угодно.

Итак... Не спрячешься, попробуешь сопротивляться — или просто скрутят, или ещё и при всех голой выставят, сдохнуть так просто здесь никто не даст, а потом, насколько я понимаю, вообще пожалеешь, что родилась. И что делать? Получается тупик. Тревоги участились, но это как раз понятно почему — хотят поскорее начать, а до ботов далеко не отовсюду можно добежать. Стоп, тревоги!

А есть ли возможность запуска бота изнутри? И как им управлять? Если есть возможность запуска, должно быть и управление, логично? Логично. Значит, нужно в библиотеку. Мысли наши, слава богу, не читают... хотя какой уж тут

Бог... В него никто давно не верит, но все поминают. Но мыслей они не читают, и это хорошо, а «устройство и комплектация спасательных средств» — вполне так себе невинный интерес, так что при проверке читательской карточки, не до... любятся.

Сразу после как-то слишком мирно прошедших уроков я спешу в библиотеку. Нужно успеть за час поставить отметку, а то будет шипение дома. Особенно в свете последних новостей... Понятно, в общем. Поэтому я бегу в библиотеку, пока девчонки расползаются по своим делам и домам. Краем глаза вижу идущую за мной Ренату. Есть у меня ощущение, что кто-то из наших стучит, почему бы и не она? У неё мать из этнических немцев. Немцы-то так не считают, но это детали, она уже под подозрением у меня, значит.

Заходя в библиотеку, оглядываюсь. Рената сразу же разворачивается на месте и куда-то уходит. Понятно всё. Ладно, думать буду потом, сейчас нужно отметиться и руководство почитать. И детское, и техническое, в котором я ничего не пойму, но мне понимать и не надо. В техническом есть ответ на вопрос: можно ли отстрелить бот вручную? И ссылка на руководство по управлению.

— Приложите кондуит к сенсору, — слышу я механический голос, от которого холодеют ноги.

И здесь то же самое. Точно обложили, значит, всё я правильно делаю — надо бежать. А что, если варианта побега не будет? Не хочу об этом думать! Не хочу быть Катькой! Не хочу!

Боты делятся на... детские женские, детские мужские, взрослые, семейные. Не поняла! Получается, что по полу только детей разбирают? До скольки лет? До двадцати одного... Интересно как! То, что я считаюсь ребёнком до двадцати одного, для меня сюрприз. Интересно, девчонки знают? Не самый приятный, учитывая новости, да и, в принципе, не самый приятный. Так, самые крупные у нас семейные, значит, у них могут быть запасы топлива или даже прыжковый двигатель. Не полноценный гиперпространственный, а в пределах двух-трёх систем, вряд ли больше. Но нам больше и не надо, нам бы только убежать, а там хоть трава не расти.

Конечно, я не удержалась, заглянула в законодательную нашу базу. Ну, там, где актуальные правила и законы, действующие во время полёта. И вот открываю я страницу прав детей, где декларация всегда была... И земля уходит из-под ног. Чёткое такое ощущение, что пол проваливается, а я куда-то лечу. Текст-то декларации есть, но он бледный, а наискосок красная надпись: «Отменено на время пересмотра». Это значит, что прав у нас нет никаких, вообще. Переворачиваю страницу и вижу подсознательно ожидаемое: «Несовершеннолетние являются собственностью законных опекунов».

Хочется ругаться матом, потому что это значит только одно: предки могут делать со мной что угодно. Бить, унижать, пытать, не кормить, да даже насиловать! Никто им и слова не скажет, потому что теперь я не личность, не человек, а собственность! Интересно, девчонки знают? Да нет, вряд ли, тогда бы они не были такими спокойными... Мне кажется, что я в каком-то кошмарном сне, даже пару раз открываю и закрываю глаза, чтобы проснуться, но ничего не меняется. Хоть домой не иди, маман-то за всё отыграется, точно... Так, где техническое руководство?

Меня трясёт, поэтому на тексте я сосредотачиваюсь не сразу. Буквы плывут перед глазами, паника накрывает так, что бросает то в холод, то в жар, потому что выхода я просто не вижу. «Собственность». Это полный... Полное фиаско! Потому что, как только предки узнают, я вообще пожалею, что родилась. Маман-то я знаю... Раньше она была законами ограничена, а теперь вообще ничем не будет. Надо морально готовиться как минимум к оскорблениям и унижениям. А как максимум — и думать не хочу.

Тут мой взгляд цепляется за элемент конструкции семейного бота. Открываю параллельно остальные варианты — нет, только у семейных это есть, ну и понятно, почему... Значит, пульт управления, предохранительный рычаг, чека, за которую нужно дёрнуть, чтобы разблокировать, и рычаг ручного отстрела. А зачем он нужен?

Беру себя в руки и вчитываюсь в текст. Получается, что только у семейных ботов предусмотрен ручной сброс; если, по мнению главы семьи, мозг корабля не отвечает или слишком медлит, то можно руками, тогда срабатывают пиропатроны самого бота, а не корабля. Это уже что-то... А управлять как?

Вижу ещё одну ссылку: «Навыки управления малыми судами, учебный курс». Проверяю возрастное ограничение, отлично! Нужно направить заявку. Форма приложена, указываю мотив: «с целью получения будущей профессии». Ну, по идее, забота о своей будущей профессии — благое дело, кроме того, при обучении на специальность у меня хоть какие-то права появятся, как в брошюре написано. Быть фактически вещью мне не нравится.

Логика этих сволочей понятна: с таким подходом нас всех очень быстро сломают, а сломленные не мстят. За пять лет из нас вылепят абсолютно покорных их воле рабов. Скажут — на колени встанешь, скажут — ноги раздвинешь... Тьфу! Ненавижу!

Нужно научиться водить спасательный бот, ничем от бота разведки планет не отличающийся. Потому что во время тревоги дернуть рычаг недостаточно, если лохоносец, корабль то есть, будет в пространстве, а не в гипере, то надо будет ещё убежать, потому что ловить будут, вдобавок и противометеориткой могут засадить. Сдохнуть, конечно, лучше, чем на коленях жить, но тоже так себе перспектива.

Тихий гудок напоминает о том, что я засиделась. Надо топать домой и помнить: собой теперь я только в сортире могу быть, и то не факт. Предки могут со мной сделать что угодно, важно это тоже в уме держать. Нельзя забывать, последствия мне не понравятся. Что маман придумает, лишь бы сделать мне плохо, я не знаю, да и знать не хочу. Тем более что она меня просветит, вряд ли удержится.

По идее, библиотека их должна была предупредить, а по сути — кто его знает... Ладно... Иду по полупустым коридорам корабля, думая о том, что меня ждёт «дома». Учитывая последние новости, «дом» для меня перестал быть островком безопасности. Теперь для меня вообще безопасных мест на корабле нет. Коридор освещён плохо, жилой этаж почти совсем не освещён. Поворачиваю к двери в наши, прости господи, апартаменты... Ну, пусть мне повезёт!

— Явилась, мразь! — выплёвывает маман, лишь меня увидев. — Где шлялась?

— Здравствуй, мама, — старательно держа себя в руках, отвечаю я. Надо помнить, что эта гадина имеет право сделать со мной что угодно. — Я была в библиотеке, занималась.

— Ладно, — кривится она. — Пошла жрать, быстро!

Знает она, всё она знает... Раньше она со мной так не разговаривала, а теперь на конфликт выводит, чтобы для себя обосновать то, что сделать хочет. Взрослым часто нужен формальный повод, потому если я не хочу орать от боли, то надо держать себя в руках. Отец ещё на работе, да и не факт, что он защитит. Так что просто нужно не нарываться, что легче сказать, чем сделать.

Я мою руки и иду на кухню. Ну, в общем-то, всё логично — чай и кусок хлеба с витаминной массой. Формально — я получаю все необходимые для роста и жизни вещества, а фактически это чёрствый хлеб, кислая настолько, что скулы сводит, витаминная масса и горчащий чай без сахара. Раньше я бы за такое скандал устроила, а сегодня буду есть, что дали. До слез обидно, на самом деле, хотя к выбрыкам маман и её ненависти я привыкла. Вот к тому, что ей разрешат распускать руки, а мне законом запретят — нет.

Поэтому я быстро съедаю бутерброд, загружаю посуду в посудомойку и хочу уже юркнуть к себе, когда снова натыкаюсь на эту гадюку. Увидев, что её провокация не удалась, она, по-видимому, хочет меня добавить. Очень ей хочется хоть что-нибудь со мной сделать, я это прямо чувствую, отчего становится очень страшно.

— С сегодняшнего дня по дому ходишь без одежды! — заявляет мне маман. — Нечего занашивать то, что потом пригодится!

— Как без одежды? — от неожиданности требования я замираю.

— Голой, тварь мелкая, поняла?! — кричит породившая меня. — Голой! Быстро!

Она, по-моему, с ума сошла от неожиданной вседозволенности, хотя это вряд ли придумано ею. Это, конечно, унижение, причем серьёзное, ну буду просто сидеть у себя, и всё, зачем тогда нужно меня раздевать? В этом должен быть смысл! Маман всегда была против публичного обнажения, без исключений, — и вдруг начинает требовать такое! В чём причина?

Глава третья

Утром, наконец-то одевшись, вылетаю из нашей каюты, пока мне ничего не сказали. Самая страшная ночь в моей жизни, давно я так не боялась. Весь вечер дрожала, потому что подобного просто не ожидала.

— Танька! — зову я подругу, показывая глазами на дверь туалета, и она кивает.

Заскакиваю в туалет. Время до уроков ещё есть, выскочила я очень рано. Но, судя по тому, что Танька уже здесь, не одна я выскочила рано. Я присаживаюсь на унитаз, стараясь взять себя в руки. Танька не расскажет, она кремень, но всё равно не по себе о таких вещах расспрашивать. Подруга начинает разговор сама.

— Твои тебя тоже раздели? — понимающе кивает она. — Ты не дрожи, всех раздевают.

— За-зачем? — заикнувшись от такой новости, интересуюсь я.

— Чтобы привыкали светить жопой, — объясняет она мне. — Сначала будут бить, а потом вообще по кораблю голыми заставят ходить.

— Как голыми? — у меня ощущение такое, будто глаза сейчас выскочат наружу.

— Ну, это слухи, — немного неуверенно отвечает Танька. — Но после всего я уже во всё верю.

— Ты в законы заглядывала? — спрашиваю её я. — Они декларацию отменили!

— И что теперь? — впервые вижу ошарашенную Таньку, жалко, камеры нет запечатлеть это для потомков.

— «Несовершеннолетние являются собственностью законных опекунов», — цитирую я по памяти.

Танька реагирует матом. Я её очень хорошо понимаю, у меня реакция была аналогичная, но только в библиотеке камеры как раз есть, поэтому нельзя ругаться. Но она теперь понимает всё то же, что и я: дело не в том, что нас приучают обнажаться публично, нам демонстрируют, что мы теперь бесправные. А что может унизить сильнее, чем отсутствие трусов?

В этот момент открывается дверь, кто-то заходит, и через мгновение из соседней кабинки до нас доносятся рыдания, да такие, что я подскакиваю на месте. Танька резко заскакивает в соседнюю кабинку, где ревёт Катька. Она так отчаянно плачет, как будто у неё катастрофа случилась! У меня аж сердце замирает. Мы с Танькой, конечно, начинаем утешать её, поглядывая на часы. Но времени пока ещё вагон, а Катька всё никак не успокаивается. Что же с ней сделали?

Немного придя в себя, наша одноклассница начинает рассказывать. Вот что нужно сделать с забитой девочкой, чтобы она так рыдала? Я слушаю и чувствую, как у меня волосы на голове шевелятся — её действительно мучили... Я даже не знаю, как кто, потому что её отчим... Нет, не могу это повторить. Танька рассказывает Кате об отмене всех прав, на что та кивает. Знает, значит...

Со звонком мы сидим в классе. Я смотрю на парней, которые все, как один, выглядят совершенно ошарашенными, а девчонки сидят с мокрыми глазами. Интересно, что в классе у нас только славяне, как и во всей школе, а вот дети немцев и англичан учатся в другой школе, хоть и на борту, насколько я понимаю. Раньше я не думала об этом разделении, а вот теперь... Теперь мне многое становится понятным. Нам нужно искать возможность борьбы против взрослых, потому что они нам совершенно точно враги.

Осознание этого бьёт, как молотком по голове. Все взрослые на корабле нам враги — это неоспоримый факт.

Учителя как-то очень предвкушающе улыбаются, отчего мне лично становится жутко, но пока всё идет ровно, без особых проблем. Странности начинаются на языке — училка из немцев доколупывается до каждой запятой, безбожно снижая оценки. Я оглядываюсь на Катю — она в ужасе. Расширенные зрачки, широко распахнутые глаза и частое, даже отсюда видное, дыхание, выдают её состояние. Причём немка тоже всё видит, и ей нравится за этим наблюдать. Но, видимо, какие-то остатки человечности в ней есть, Катю она не спрашивает.

Я понимаю, что нас всех просто задавят, будут давить до тех пор, пока кто-то не сорвётся и просто не начнётся восстание.

Способны ли мы на восстание, вот в чём вопрос? Ну перебьют они нас, неужели предки будут просто стоять и смотреть, как убивают детей? А эти будут убивать, потому что в случае восстания мы постараемся именно убить врага. Вот только не верю я в восстание. Нас всех пока сильно напугали дома, но не особо пугают в школе, что создаёт некую иллюзию безопасности.

После уроков я мчусь в библиотеку, чтобы

узнать ответ на мой запрос, ну и дальше разбираться в техническом устройстве ботов и методов пилотирования. Хотя бы теоретически надо себе представлять, что и как делать, главное — как отключить автоматику. Автоматика может привести бот обратно к кораблю, а для меня это точно конец. Даже если не убьют, забьют так, что мало не будет. Меня никогда не били дома, поэтому я просто не знаю, что это такое. Может, действительно я всё придумываю, но глядя на Катьку…

Ура! Это действительно ура! На формуляре стоит разрешительная печать! Значит, у меня есть доступ к литературе! Старательно улыбаясь на камеру, беру все книги из рекомендованного списка. Теорию мы пока откроем и отложим. А вот практика очень простая, кстати. А есть ли у нас возможность попробовать?

Внимательно вчитываюсь в положения и правила, пока не нахожу сноску о виртуальной тренировке по получению допуска. А как получить его? Судорожно листаю выданную мне литературу, пока не нахожу тест на допуск. Попробую сдать внахалку. У меня три попытки есть, одну вполне можно потратить. Скорее всего, тест составлен по теории, но, учитывая, что эти тесты составляются западниками, можно предположить, что теория будет к инструкциям сводиться.

Ещё раз внимательно читаю правила и положения, сухие, как вечерний хлеб, затем нажимаю сенсор готовности к тесту. Экран обучающего планшета очищается, передо мной появляются тестовые задания. Всё, как я и думала, инструкции и вопросы для клинических идиотов, типа, «Почему нельзя открывать форточку в космосе?» Тест я проскакиваю быстро, потом ещё раз его внимательно перечитываю и нажимаю кнопку проверки. Задания зеленеют, одно, другое, третье, а тут жёлтый… Жёлтый — не все варианты выбрала, значит.

Ура! Допуск у меня в кармане! Взглянув на часы, понимаю, что сегодня я успею вряд ли, но завтра точно. Надо топать домой, где меня ждёт очередное унижение. Всё-таки почему именно сейчас? Почему они решили это сделать посередине маршрута? Может быть, есть что-то, от чего зависит именно время на ломку?

Утром вспоминаю, что сегодня выходной, поэтому быстро одеваюсь и несусь в библиотеку. Кажется, я начинаю привыкать к отсутствию одежды «дома», что противно, конечно. Но пришедшая мне вчера в голову мысль гонит вперёд, взять книги по психологии. Мне нужно понять, почему ломать нас взялись только сейчас. Кстати, маман вечером была какой-то слишком тихой и быстро ушла к себе. Неужели их тоже лупят? Тогда я вообще ничего не понимаю. Смысл-то взрослых лупить?

Библиотека — это многофункциональный зал с кабинками. Внутри кабинки есть всё для учебы, и, главное, раздеваться не надо, как дома. Что-то у меня никакого желания дома находиться нет. Может быть, именно этого и добиваются? Потом сгонят всех в одно место и будут лупить до посинения. Нет, это уже фантазия моя нездоровая... Наверное...

Сажусь за стол, запрашиваю литературу, получаю отлуп. Значит, пойду другим путём: сначала позанимаюсь, потом в виртуал, а потом составлю запрос на поведенческую литературу, потому что а вдруг пассажиры буйные? Тогда запрос будет вполне логичным и есть шанс проскочить. Правда, надо будет вместе с литературой по первой помощи брать, но это я переживу. Да и если у меня всё получится, навыки и знания по медицине мне точно пригодятся.

Из библиотеки иду в сторону виртуалов — это тренировочный зал. Там можно тренировать что угодно — от мышц до мозгов. Ну вот там находится и виртуальный тренажёр бота на «попробовать». Иду неспешно, по сторонам не смотрю, держусь вдоль стенки, чтобы даже случайно не могли задеть. Страшно, когда вокруг одни враги, но пока выхода нет, поэтому нужно держаться, может, и смогу проскочить до того, как.

У самого входа меня останавливают с логичным вопросом. Даю ответ, что иду на вывозной, требуют кондуит. Отчего-то хмыкнув, дюжий охранник пропускает меня, напоследок схватив за задницу. Держусь изо всех сил, стараясь не показать ничего на лице, хотя слёзы подступают, конечно. Но этого я даже ударить не могу — покушение на представителя закона припаяют просто вмиг. Знать не хочу, что тогда будет. Просто не хочу, и всё.

Возле овоида виртуальной капсулы никого не обнаруживается, только панель, на которой появляются надписи, объясняющие, что мне можно делать, что нельзя. После того, как я прочитываю, нажимая кнопку подтверждения, появляется надпись: «приложите кондуит». Только тут я наконец понимаю, что меня беспокоит: кондуиты ввели только вчера, а все системы, вся техника к этому готовы. Так не бывает! Значит, это готовили давно... Может, даже изначально. Твари проклятые...

Залезаю внутрь. Загораются индикаторы, капсула переходит в режим обучения. Сейчас мне будут преподавать базовые навыки и и показывать, как классно летать, хотя мне нужно не совсем это. Но рассказывать, что именно мне нужно, я никому не буду, я себя не на помойке нашла — так подставляться. Так что буду учиться, что делать...

Надеюсь, хотя бы сюда новые веяния не дошли и за ошибки не будут наказывать болью. Впрочем, выбора у меня всё равно нет, поэтому учусь. Хорошо, что сегодня выходной, поэтому могу заниматься сколько позволят. Взлёт, посадка, ускорение, манёвры. Ну как манёвры — влево, вправо, мне хватит точно. После каждого модуля тест, сначала простой, потом всё сложнее и сложнее. Когда гудит сигнал окончания, я взмокшая уже. Надо вылезать...

— Очень хорошие результаты для первого раза, — слышу я, вылезая из капсулы. — Эдак вы за неделю получите допуск к натурным тренировкам.

— Благодарю вас, — отвечаю я мужчине в полётном комбинезоне.

Выглядит он адекватным, даже улыбается, но я знаю, что взрослый — враг, поэтому всеми силами желаю его ни на что не спровоцировать. Будучи отпущенной, бегу к туалету. Четыре часа я провела в капсуле, но домой не пойду, хотя кишка кишке уже фиги показывает. Пойду обратно в библиотеку, потому что дома у меня теперь нет. Есть место, где будут издеваться и где я обязана ночевать, а дома больше нет.

Ни в какую защиту я больше не верю, да и людям, получается, тоже уже нет. Поэтому пью из-под крана в туалете и двигаю в сторону библиотеки. Теперь можно запросить материалы по медицине и связанным с ней наукам, чтобы «уметь оказать первую помощь». Я буду учиться как можно больше, лишь бы не возвращаться в каюту семьи. Куда угодно, только не туда. Там враг, который может сделать со мной всё, что захочет.

Не помню, как дохожу до библиотеки, прикладываю кондуит и делаю первый запрос, обосновав его тем, что в полёте мало ли что может случиться. Причём начинаю именно с навыков медицины — дезинфекция, перевязка... Господи, сколько же разных типов одной перевязки существует! Но разрешение мне даётся автоматически, и секунды не проходит, поэтому я погружаюсь в науку, которую сама выпросила.

Набираю следующий запрос: «Как успокоить пациента». Намеренно такой общий запрос даю, поэтому в списке литературы нахожу и «возрастную психологию». Вот прямо сейчас я к ней не тянусь, просто делая вид, что испугалась списка. Занимаюсь попеременно лётным делом и медициной, пока прерывистый сигнал не возвещает о необходимости покинуть библиотеку.

Нужно идти в каюту, но мне это очень не хочется делать. Правда, я понимаю, что ничего с этим не поделаешь, потому что я обязана там ночевать, а за побег по головке точно не погладят. Понурившись, иду в свою тюрьму, чтобы до утра стать вещью. Написано же «собственность», а человек собственностью быть не может. Собственность — это даже не как животное, это вещь. Вот теперь я вещь, как и подруги, да и все дети на этом проклятом корабле.

По коридору иду — глаза в пол, считаю металлические уголки, непонятно зачем сделанные. Коридор странно пуст, только из-за одной двери мне слышится полный отчаяния крик. Но это, конечно же, моя фантазия, потому что звукоизоляция кают абсолютная. Войдя, встречаю взгляд отца. Он смотрит на меня, но будто не видит — зрачки расширены, взгляд блуждающий. Может ли он быть под наркотой?

— Раздевайся, — спокойно говорит родитель, назвать которого папой у меня не поворачивается язык.

Понятно всё... И этот хочет видеть меня голой... Все взрослые враги, все!

— В комнате разденусь, — делаю я

последнюю попытку, и вдруг сильный удар по лицу сбивает меня с ног.

— Раздеться, быстро! — почти рычит этот зверь, впервые ударивший меня сейчас.

Из глаз текут слёзы, голова кружится, щека саднит, но главное — я не понимаю, за что?

Глава четвертая

Замечаю, что кормят меня как-то странно — утром и вечером кусочек хлеба и витаминная паста, а в школе обед, но порции, по-моему, раза в два меньше стали. И куда-то исчезли все мои штаны, остались только платья. Это неспроста. Точно неспроста, но подумать об этом можно и позже.

Тем не менее, всосав бутерброд, я быстро одеваюсь, стараясь держаться подальше от существ, что когда-то были моими родителями. После того, что было вечером, я их не могу больше так называть. И не буду, они враги. Особенно бывший отец, больно сжавший мою... грудь. Страшно оттого, что он был явно возбуждён. Если... Не дай Бог, если он вообще есть!

Бегу к месту занятий, стараясь не смотреть по

сторонам. У самого класса меня отлавливает Танька — глаза на пол-лица, губы трясутся. Что случилось такого? Она буквально затаскивает меня в туалет, где обнимает и тихо-тихо плачет. Ого! Что же такое случилось?

— Катьку выкинули, — сквозь слёзы произносит она.

— Как? — ошарашенно спрашиваю я.

— Сердце не выдержало, вроде бы, — негромко говорит Танька.

Мы плачем вместе, обнявшись. Вот и нет больше одной из нас, подлые взрослые замучили Катю и выкинули в космос. Так жалко её... А ведь на её месте может быть любая из нас! И, судя по всему, будет... Нас хотят сломать, превратить в послушных кукол, а кто не выдержит, тех просто выкинут. От этих мыслей... В общем, я порадовалась, что мы в туалете, потому что страшно так, что выразить это словами почти невозможно.

Отсутствие Кати девчонки заметили, а некоторые даже поняли. Глаза вмиг мокрыми стали... Выход у меня только один — как только будет очередная тревога, нужно будет бежать. Бежать, даже пусть я почти ничего не умею, но этот страх убивает, просто уничтожает, и ещё звери в каюте себя ведут, как звери. Вот за что меня ударили? Что я им сделала?

Танька рассказывает жуткие вещи — этих,

которые в каюте, похоже, травят какой-то наркотой, чтобы не мешали издеваться над нами. Иначе это просто не объяснить. Выходит, нужно максимум времени проводить вне каюты, как я вчера. Объясняю Таньке, она кивает, значит, согласна. Будем делать домашку в библиотеке, это разрешено пока ещё.

Жутко просто от того, что творится. Учителя тоже озверели — занижают оценки, просто заваливая, отчего у двоих девчонок кондуиты начинают желтеть. Кто знает, что это значит. Я пока проскакиваю, потому что вчера в библиотеке много занималась и ответы выскакивают сами даже на геометрии. У меня с ней не очень хорошо, но вчера я занималась и ею тоже, поэтому сегодня учителю меня завалить не удалось, несмотря на то что он задавал вопросы по очень разным темам, пытаясь меня сбить с толку.

А вот Лариску он завалил, влепив пару с такой улыбочкой, что я чуть под себя от страха не сходила. Лариска дура, не поняла ничего... Рената тоже нарвалась, получив кол. Она принялась спорить, доказывать, что эту тему мы ещё не проходили, отчего стала первой в классе с жёлтым, буквально лимонного цвета кондуитом. Видимо, она и будет первой ласточкой... Может, не она стучит? Или гадам всё равно?

Начинается классный час. Это значит, что

урок «языка межнационального общения» у нас сняли, вместо него вот этот час. Я подозреваю, почему и догадываюсь, что именно будет на нём сказано, поэтому даже не дергаюсь.

— Это то, о чём я думаю? — спрашивает меня дрожащим голосом Танька.

— Не знаю, но похоже, — отвечаю я ей. — Вариантов, в общем-то, немного.

В этот самый момент в аудиторию входит ухмыляющийся куратор класса. По его ухмылке много чего можно сказать, а если посмотреть на то, что он держит в руках, то и... В руках у него что-то длинное, чёрное, непонятное. Но явно гибкое, судя по тому, как ложится на стол. Он оглядывает нас, будто выбирая жертву, а я чувствую покалывание в пальцах, да голова ещё начинает кружиться, как будто я в обморок собралась.

— Я должен довести до вашего сведения, что решением Совета в школе вводятся телесные наказания, — улыбается нам куратор. — Термин всем знаком?

— Бить будете, — обречённый голос кого-то из парней хорошо слышен всем.

— Не бить, а наказывать, — произносит куратор. — Но по сути верно, вас будут наказывать по обнажённому телу.

— Это как? — ошарашенно спрашивает Лариска.

— По голой жопе, — грубовато отзывается тот же голос кого-то из парней.

— Но нельзя же! — восклицает другая девчонка, не знающая пока о нововведениях.

— На время пересмотра действие конвенции о правах ребёнка приостановлено, — уведомляет её учитель. — У вас больше нет этих прав, так понятно?

Вот тут до девчонок доходит. Танька тихо объясняет тем, кто не понял, что это значит. А куратор интересуется, хочет ли кто-то попробовать на себе сейчас, и ожидаемо встаёт Лилька. Ну та, которой нравится боль. Она выходит к куратору, а он показывает ей на раньше постоянно закрытую дверь. Мы следим за девчонкой, замерев от ужаса. Я, конечно, понимаю, что её не при всех будут лупить, но сам факт...

Лилька проходит в ту самую дверь, за ней прихвативший ту штуку со стола куратор. Мы слышим, как он командует девчонке раздеться, затем следует несколько мгновений тишины. Я думаю о том, как куратор будет выкручиваться, ведь о том, что Лильку давно замкнуло, все знают. И вот мы все отчётливо слышим свист, закончившийся криком. Я даже звука удара не слышу, настолько силён этот крик. Это явно не крик удовольствия, с каждым новым ударом Лилька кричит всё сильнее, просит перестать, обещает что-то бессвязное. Лариска падает в обморок, да и другие девчонки бледные до синевы. Такого никто не ожидал.

Наконец, всё затихает, только слышно хриплое дыхание Лильки, прерываемое всхлипами. Тут до меня доходит — у неё там микрофон под носом, мы слышим всё в усилении, но всё равно эффект, конечно, страшный. Я дрожу от страха, да и все девчонки, кажется, дрожат... И парням тоже не по себе.

Из комнаты показывается Лилька вся в слезах. Она держится за стенку, явно, чтобы не упасть, и весь вид её говорит о безграничном страдании. А я присматриваюсь к ней и вижу, что ноги у неё совсем не дрожат, да и идёт она как-то подчёркнуто тяжело, а так не бывает. Ну, по-моему, не бывает, значит, это рассчитанный на нас театр. Может ли такое быть?

Вот предположим, девчонка, которой нравится боль, от битья орет так, как будто с неё кожу живьем сдирают, что это значит? Что битье это запредельно болезненное. Значит, весь театр направлен на то, чтобы вызвать у нас страх. Зачем нужен этот страх? Ответ я получаю немедленно.

— Каждую субботу будут подводиться итоги

ваших кондуитов, — сообщает совсем не запыхавшийся куратор. — Со следующей начнутся наказания. Готовьтесь.

Он уходит, а мне становится всё понятно. Нас запугивают. Теперь все будут бояться этой субботы и из кожи вон лезть, чтобы избежать её. А страх — плохой советчик, значит, начнут ошибаться. И я не исключение.

Зажав Лильку в туалете, мы убеждаемся в том, что всё показанное было театром. Мы – это я с Танькой. Полоса у неё только одна, но и та впечатляет, конечно. Лилька плачет и рассказывает, как её запугивал куратор, прежде чем включить микрофон. Я бы, наверное, тоже повелась, да кто угодно бы повёлся... Страшно это очень.

После школы идём всей толпой в библиотеку — уроки делать. Мысли о том, чтобы идти домой, ни у кого не возникает. Вообще, странно нас кормят, получается, страх усиливает голод и наоборот, а еды становится меньше. Это как-то не по-людски и что-то напоминает. Но вот что именно, я никак не вспомню.

В библиотеке разговаривать нельзя, поэтому, закончив с уроками, занимаюсь медициной, отметив пару книг из того большого списка. Сначала изо всех сил читаю одну, которая оказывается пособием по аутотренингу. Очень нужная вещь, особенно когда лупить будут. Если не врут, позволяет отрешиться от физической боли. Прямо сейчас проверять не хочу, но запоминаю.

Книга возрастной психологии дарит мне некоторое понимание того, почему ломают именно так. Но никаких методов противодействия там не указано, значит, она мне не помощница. Вопрос в том, что делать, если тревоги не будет, а начнут бить? В первый раз, скорее всего, покажут самый страшный вариант, то есть изобьют до обморока. Это если исходить из того, что им нужно сломать, а не получить удовольствие от вида кричащего от боли ребёнка или подростка. Хотя для них все мы бесправные дети, и делать с нами можно, что им захочется. Вон Катьку убили, твари...

Может быть, в субботу мы ещё кого-нибудь не досчитаемся. Или не в эту, а потом? Какая разница! Бежать надо со всех ног, просто бежать, и всё. Даже несмотря на то, что я раскрыла Лилькин театр, страшно всё равно. Куратор бил рядом с ней, но Лилька рассказала, какой страшный был звук... В общем, тут ещё непонятно, запугал нас куратор или рассказ Лильки.

Каждый день приближает эту субботу. Я уже

и привыкаю потихоньку обнажаться перед этими зверями, которые были моими родителями. Девчонки жалуются, что их звери под наркотой уже и хватать начинают. Рано или поздно... Что будет с девчонкой, если на неё залезет родной отец? В лучшем случае крыша поедет, а это — дорога в космос. А в худшем... Лучше бы в космос. Говорят, смерть мгновенная, но проверять на себе не хочется.

Возвращаюсь в каюту за пять минут до отбоя, но обычных замечаний не вижу. Маман моя бывшая какая-то сгорбленная, как сломанная. Быстро уходит в комнату, а этого я и не вижу. Не поняла, это что случилось такое? Не знаю и знать не хочу. Если и взрослых лупить начали, то так им и надо, сволочам. Пусть хоть до смерти забьют, мне всё равно, потому что после всего сотворённого они не имеют права жить. Все они! Все взрослые! Твари проклятые, ненавижу их всех!

А суббота всё ближе. Всё сильнее звереют учителя, всё активнее выискивает нарушения куратор, всё страшнее в школе, да и дома, где моментально прекращаются все эти издевательства, хватания и лапанья. Как по мановению волшебной палочки прекращаются, и от этого ещё страшнее, потому что я просто не знаю, чего ожидать.

Когда записываюсь на субботу на тренажёр,

приходит отказ. Я пытаюсь ещё раз, но снова отказ, в этот раз с указанной причиной: «по состоянию здоровья». И до меня доходит. Прозрачней намёка не придумаешь — в субботу я не буду в состоянии тренироваться, потому что, видимо...

Знать, что будут бить, и ожидать этого — большая разница. Страх будто всё тело сковывает. Я не могу ни есть, ни спать, поэтому логично, что ошибаюсь на алгебре. Увидев свою пожелтевшую карточку кондуита, только грустно улыбаюсь. Всё я поняла уже... В субботу бить будут всех, я это очень хорошо понимаю. И куратор подтверждает, язвительно порекомендовав в пятницу принять душ. Учитывая, что порекомендовал он это всем, то доходит даже до тугодумов.

Пятница, пожалуй, самый страшный день. Танька говорит, что младших тоже собираются, а я не понимаю — их-то за что? Первоклашки же совсем малыши, кто это вообще придумал-то?

— На вашем первом наказании будут присутствовать ваши родители, — вбивает последний гвоздь куратор, — чтобы они посмотрели, как правильно надо наказывать таких, как вы.

В его голосе звучит отвращение, как будто мы все, сидящие здесь, чем-то ему отвратительны, как грязные животные или какашки в унитазе.

Так он себя с нами и ведёт, а я ощущаю себя будто перед казнью — просто нет сил уже бояться, остаётся только плакать, потому что завтра жизнь разделится на «до» и «после». Как я смогу после такого жить дальше, я не знаю. Мне видятся картины одна ужаснее другой, что заставляет дрожать, поэтому я после школы возвращаюсь в каюту. Мне уже всё равно, завтра моя жизнь и так закончится.

Я очень хорошо понимаю, что завтра прежняя Машка просто спрячется в уголок души, а снаружи останется… Я не знаю кто. В ответе от тренировочного центра указывается, что мне запрещены тренировки в течение недели, а это значит… Мне не хочется думать о том, как больно нужно сделать, чтобы неделю потом в себя приходить, я такую боль себе даже представить не могу.

Катьку убили, а завтра убьют меня. Только в отличие от Катьки, я буду продолжать ходить, дышать, может быть, даже разговаривать, но мой мир просто рассыплется. Он и сейчас неизвестно на чём держится, но я ещё цепляюсь за прежнюю жизнь, уговаривая себя, убеждая, что я человек, что они не посмеют, но…

Я просыпаюсь в кровати от собственного крика. Три часа ночи показывают равнодушные часы на столе. Мне снятся прорезающие тело насквозь страшные штуки, как у куратора. Снится, что с меня спускают шкуру в прямом смысле этого слова. Кровь снится, много крови... И я снова просыпаюсь от собственного крика. На моё счастье, меня никто не слышит, я будто одна на всём белом свете... Это очень страшно, потому что вокруг темно, а мне кажется, что из этой темноты на меня надвигается очень страшный куратор.

Будильник звенит похоронным звоном. Говорят, в глубокой древности девушек сжигали на костре. Интересно, в день казни они чувствовали то же самое? Наверное, я сама себя запугала, но как представить то, чего в жизни никогда не было? У меня всех примеров — только Катька. А вдруг...

Глава пятая

Мы стоим кучкой перед каютой, на которой написано: «Экзекуционная». Это означает, как нам всем объяснили, комнату для наказаний. Туда вызывают по одному, а назад не возвращается никто, и кажется, что путь оттуда только в космос. Тревоги за неделю не было ни одной, что наводит на грустные размышления. Возможно...

— Девчата, если что, не поминайте лихом, — Пашка, парень из нашего класса, воровато оглядывается и отодвигает панель вентиляционной шахты.

— Ты куда? — спрашивает его дрожащая Танька.

— Попробую замкнуть сенсоры, — объясняет

он. — Это даст тревогу, ну а пока найдут причину, пока починят — день закончится.

— Это всего лишь отсрочка, — качает головой Лариска, уже смирившаяся со своей судьбой.

— Хоть день вам подарю, — немного растерянно улыбается Паша. — Если что, будь счастлива, Маша! — говорит он на прощание.

Я просто замираю. Получается, Паша ради меня идёт на смертельный риск? Ради того, чтобы дать мне один день без боли? Хочется рвануться за ним, вернуть, но уже поздно. Его и след пропал, а в это время вызывают Лариску. Мы обнимаемся на прощание, потому что не знаем, встретимся ли вновь. Она плачет, а я внутренне радуюсь, что вызвали не меня, и изо всех сил желаю удачи Паше. Пусть его жертва будет не напрасной!

Странно так, впервые за меня кто-то... там же опасно! А если поймают, могут вообще выкинуть! Паша... Я буду помнить тебя всегда, клянусь!

Я плачу, потому что выдержать этого нет никаких сил. В это время дверь медленно раскрывается, открывая внутренность каюты, откуда мне радостно скалится эта... маман бывшая которая. Я всё понимаю, поэтому делаю шаг вперёд ещё до того, как называют мою фамилию. Сейчас закончится моя прежняя жизнь, потому что здесь мой эшафот.

— Снимай трусы, тварь мелкая! — шипит мне бывшая моя родительница. — Сейчас ты узнаешь, что такое настоящее наказание!

— Вам надлежит снять бельё, — слышу я равнодушный голос куратора, — лечь животом на стол и вытянуть вперёд руки.

Решиться на такое очень сложно, но бывшая родительница продолжает меня оскорблять, обзывая всякими словами, а куратор тем же равнодушным голосом меня извещает о том, что каждая минута промедления прибавляет ещё один удар к назначенному мне наказанию. Я не Лилька, потому дрожащими руками берусь за резинку, медленно стягивая трусы, и, когда я наклоняюсь, чтобы снять их, внезапно включается сирена тревоги. Паша сумел, в самый последний момент сумел!

— Будь ты проклята! Будьте вы все прокляты! — я швыряю своё бельё в рожу рванувшейся ко мне бывшей и быстро выскакиваю из каюты.

Мне нужно к семейным ботам, они внизу, там, где малыши учатся. Я буквально лечу по лестнице, почти не касаясь ступенек, а сирена всё орёт. Она воет яростно, а я думаю лишь о том, чтобы успеть. Мне даже наплевать на то, что платье временами задирается от потока воздуха. Мне очень надо успеть, чтобы жертва парня оказалась не напрасной.

У самого входа к спасательным ботам я вдруг вижу двоих неодетых детей. Один ребёнок тянет другого за руку, уговаривая встать, а я, не задумываясь, подхватываю с пола малыша, оказывающегося девочкой, хватаю за руку вторую и запрыгиваю в семейный бот. Люк начинает медленно закрываться. Я успела, но что с детьми?

— Что с вами? — спрашиваю я малышек, на которых нет одежды, и только тут вижу исполосованное то самое место у той, что лежит у меня в руках.

— Ли-ли-лика упа-ала, — заикается вторая.

Тут только я вижу, что девочки близняшки. Лет семь им, по-моему, совсем люди озверели! Как же можно таких маленьких лупить? Но времени нет, поэтому я решаю, что выхода всё равно нет, кладу на обнаружившееся кресло Лику, а сама прыгаю к люку. Как там было? Выдернуть чеку, освободить рычаг...

Чека — это кусок проволоки, он режет пальцы, появляется кровь, но мне некогда, мне успеть надо! Вот она сорвана, теперь надо вручную повернуть колесо запора. Оно прокручивается тяжело, я повисаю на нём, чтобы прокрутить, совершенно выбиваясь из сил. Теперь его не смогут открыть снаружи. Но этого мало, надо бежать, поскорее бежать!

Отодвигаю запорную крышку и вижу тот самый рычаг. Жалко, что я не знаю, есть ли Бог, вот бы его о помощи попросить... Упершись ногой в дверь, я берусь двумя руками за рычаг и резко дёргаю его на себя. Бот вздрагивает, затем ещё раз, я молнией бросаюсь к пульту, который теперь разблокирован, считая про себя до пяти, а потом резко перекладываю влево рулевое колесо, одновременно нажимая красную кнопку запуска маршевого двигателя.

— Бот Д-три, старт запрещаю! — оживает связь. — Мы находимся в гипере! Вы с ума сошли! Немедленно стыкуйтесь обратно!

— Будьте вы прокляты! — кричу я и делаю то, что категорически запрещают все руководства, — включаю полную тягу, улетая под прямым углом к кораблю и нажимая кнопку не полностью готового ещё прыжкового двигателя.

— Дура! Ты что делаешь? — это последнее, что я слышу, потому что гипер — это не совсем космос, но прыжковый двигатель делает своё дело, унося нас прочь.

А вот центровка основного корабля нарушена, но мне на это наплевать. Ему сейчас придётся экстренно выходить из гипера и ремонтироваться, то есть нас уже не достанет. Мы, можно сказать, убежали, если сможем выйти из гипера, а если нет, то останемся тут навечно. Даже это лучше, чем предстоявшее мне.

— Де-де-де... — начинает, заикаясь, сестра Лики, но продолжить не может, захлёбываясь рыданиями.

Я оглядываюсь. Лика, привстав, тыкает себя пальцем в ногу. На лице у неё страх, но при этом она молчит. Кажется, я понимаю, что случилось с малышками — напугали их очень сильно, поэтому я оставляю управление, хоть это и небезопасно, но дети важнее. Я глажу и успокаиваю представившуюся Лирой, глажу, обещая ей и Лике, что всё будет хорошо, а корабль летит в гипере, направляясь неизвестно куда.

— Я сейчас постараюсь вывести бот из гипера и тогда ещё пообнимаемся, да? — спрашиваю Лиру.

— Д-да, — кивает она. — А т-ты т-теп-перь бу-бу-будешь н-нашей ма-мамой?

— Я теперь буду вашей мамой, — киваю я малышке, потому что другого ответа быть не может.

— А т-ты н-нас... — она не может закончить, а я обнимаю её.

Я обнимаю малышку, обещая, что никогда и ни за что не ударю её, постараюсь защитить от всего-всего и буду рядом хоть всю жизнь. От моих обещаний девочки плачут и держатся за меня руками, а я просто поражаюсь звериной жестокости взрослых.

Пока я пытаюсь стабилизировать и вывести из гипера бот, Лира рассказывает мне страшные вещи. Она заикается, не может сказать, а Лика, судя по всему, не чувствует ног. Значит, на корабле обеих выкинули бы. Таких малышек взяли бы и выкинули в космос, как сломанные игрушки. Кто может такое хотя бы представить?

Всё я правильно сделала, это понимают и Лира, и Лика, поэтому обе жмутся ко мне, а я торможу изо всех слабых сил прыжкового двигателя бота. Кажется, у меня ничего не получается — бот вздрагивает раз, другой и вываливается в обычный космос, замерев без движения.

Вокруг странные звёзды, неподалеку виднеется система, кажется, с планетами, но мне пока не до этого. Это же семейный бот, тут должны быть комбинезоны, и детские, и взрослые, кроме того, малышам нужно дать пропереться, потому что случившееся с ними полностью уничтожило мир близняшек. Молчащая Лика, наверное, в шоке. В книжке было написано о сильных потрясениях, а Лира медленно рассказывает мне.

Девочки не знали, зачем их зовут, потому что в страшную комнату их привела мама. Она улыбалась и шутила, поэтому малышки ничего не заподозрили. Даже когда сказала им раздеться, ну мало ли зачем, ведь близняшки доверяли маме. Они и представить не могли, что добрая, улыбающаяся мама их обеих предаст. Ставя себя на место этих двоих малышек, я понимаю — сломалась бы. В тот же самый миг, глядя на то, как мучают сестру, сломалась бы.

— Она де-де-де... — Лире трудно рассказывать, она плачет и заикается сильно, потому что её держал «какой-то дядя», а Лику...

Лику держала мама. Улыбаясь, уговаривая потерпеть немножко, она держала извивающегося, кричащего от жуткой боли ребёнка. И эта мамина улыбка почти уничтожила Лику. Потрясение было настолько сильным, что одна близняшка заикается, а вторая не говорит и не ходит. И сможет ли — тот ещё вопрос, ведь я не врач.

Я беру сначала одну, потом вторую на руки, чтобы отнести в спальню, но понимаю, что спать они просто не смогут, поэтому мне надо будет с ними полежать, но сначала хотя бы одеть. В этот момент я вспоминаю, что и сама как-то не совсем одета, но это может подождать.

В семейных ботах обязательно есть аптечка, поэтому нужно осмотреть и хоть как-то обработать попу Лики, должна же быть какая-то мазь от таких повреждений? Ну и комбинезоны им... Комбинезоны я нахожу быстро, одевая сначала Лиру, очень этому факту удивившуюся.

— А Лику мы сейчас посмотрим, может быть, можно что-то сделать, чтобы не так больно было, — объясняю я Лире, на что та кивает, присаживаясь рядом. — Как ты думаешь, на животике она же плакать не будет?

Лира о чем-то на пальцах переговаривается с сестрой, а потом затаскивает её ко мне на колени.

— М-мы те-тебе ве-рим, — с трудом произносит она, прильнув ко мне.

Я смотрю на то, что сотворили с совсем, по сути, ребёнком, и хочу просто плакать. Что она им сделала? Что малышка успела такого натворить, что её так побили? Твари они всё-таки, просто твари!

Мазь я в аптечке нахожу, на ней написано, что устраняет болевые ощущения, поэтому пробую её. Мягко, круговыми движениями поглаживаю, поэтому Лика почти не вздрагивает. Убедившись, что всё впиталось, надеваю на неё комбинезон, рассказывая, что теперь никто не сможет их просто так раздеть, и близняшки улыбаются, лёжа рядышком.

Теперь нужно подумать и о себе. Поискать

трусы? Вряд ли они есть в стандартном обеспечении, предполагается, что и свои есть, но поищем. Есть такой вариант — женский комбинезон, он под скафандр надевается, поэтому трусы ему не положены. Скафандры предназначены в том числе и для длительных путешествий, поэтому, если в туалет надо… Понятно, в общем.

Я скидываю платье, в котором меня едва не отлупили, надевая найденный комбинезон. Кажется, всего лишь сменила одежду, а уже чувствую себя комфортно. По крайней мере, намного комфортнее, чем раньше. После этого поворачиваюсь к малышкам, как могу, ласково улыбаясь им. Если бы не я, их бы убили, и они это знают, «выкидыванием» всех с детского сада пугают, так что тут всё понятно. А я всё сделала правильно, поэтому нужно просто вдохнуть, выдохнуть и не думать о плохом.

— Вы голодные? — спрашиваю я Лиру.

Она быстро переглядывается с сестрой и неуверенно кивает. Мне кажется, или в её глазах мелькает страх? Надо будет расспросить потом поподробней, а сейчас пойти приготовить им чего-нибудь, потому что голодать маленьким вредно, так и в книге по медицине написано было. Стоит мне подняться, взгляд малышек меняется, становясь жалобным. Они ничего не говорят, но смотрят так…

— Сейчас Лира пойдет на камбуз, — сообщаю я, аккуратно беря Лику на руки. — А Лика на маме поедет.

— Ура! — улыбается Лира, вскакивая с кровати.

Чувствую ли я себя их мамой? И да, и нет. Нет, потому что я сама ещё ребёнок, но у них больше никого нет, только я, так что да. Детям очень нужна мама, я по себе знаю. Любая мама, даже такая, как у меня... Но моя меня тоже предала, как и их, так что у малышек на всём белом свете осталась только Маша. Значит, буду мамой.

Так, на камбузе порядок идеальный, все боты содержатся в порядке, особенно семейные, поэтому я заглядываю в холодильник, где стоят скоропортящиеся продукты. Над вполне обычной плитой я замечаю шкаф, открыв который обнаруживаю и манную крупу, и какао. Одной рукой это делать сложно, поэтому я усаживаю Лику на стул, глажу её и улыбаюсь малышкам.

Сделаю-ка я им шоколадную кашу, чтобы они порадовались, мои хорошие. Сгущёнку я, кстати, тоже нахожу, поэтому решаю поберечь молоко и сделать тот рецепт, который давным-давно, будто в прошлой жизни, показывал папа. Жалко, что подох он для меня, нет у меня больше папы. И мамы нет, только две малышки, две моих доченьки, отныне и навсегда.

Помешиваю кашу, следя, чтобы не было комков, и думаю о том, как всё быстро понеслось. Совсем недавно я дрожала от страха, а чтобы дать мне возможность убежать, пожертвовал собой хороший парень Пашка. А теперь у меня две малышки, как и я, преданные, а Лика ещё и избитая... И я была бы на её месте, да. Теперь я понимаю, почему мы не видели выходящих, скорее всего, они падали в обморок от боли или просто не были в состоянии двигаться. Взрослые — твари, просто твари, да будут они прокляты!

Глава шестая

И Лиру, и Лику нужно кормить с ложечки. Они ещё испуганы и сами не могут — руки дрожат, а Лика вообще пошевелиться боится, потому что сильное эмоциональное потрясение. В книге так было написано, что угодно может в результате с ней быть на самом деле. Поэтому я усаживаю Лиру рядом с Ликой, кашу накладываю в тарелку и беру ложку детскую, она отдельно лежит.

— Сорока-ворона кашку варила, деток кормила... — начинаю я, вызывая удивление малышек.

Нужно осторожно кормить, чтобы случайно не подавились, потому что врачей у нас нет, а от страха... Они ещё испуганы, но уже потихоньку успокаиваются. Каша необычная, сладкая, они такую и не ели, наверное. С удовольствием кушают мои хорошие. Как только у кого-то рука могла подняться на них?

— А т-ты в-сег-да бу-будешь? — интересуется Лира, даже не пытаясь перехватить ложку.

— Всегда, маленькие мои, — как умею, ласково улыбаюсь я им и тянусь, чтобы погладить. — Сейчас мы докушаем, потом я посмотрю, что у нас с планетами вокруг, а пока кораблик поищет, где мы будем жить, отдохнём все вместе, да?

Закивали, мои хорошие. Интересно, можно ли помочь с заиканием? И как это сделать? Впрочем, сейчас нужно определиться, куда мы летим. Висеть в пространстве опаснее, чем на планете. Найти нас тут проще, а на планете, если хорошо закопаться… Ну, мне так кажется, потому что там и камнем можно же. Всё-таки, я сама ещё, можно сказать, ребёнок, хотя бывшим родителям на это было всё равно.

— Сейчас мы все пойдем и посмотрим, куда нас кораблик отвезти может, — осторожно произношу я, чтобы никого не напугать.

Лира сразу же вскакивает, я беру Лику на руки, а она доверчиво прижимается ко мне. Девочка для меня, конечно, тяжеловата, но выхода просто нет, ведь если я её оставлю сидеть, она испугается. Очень сильно может испугаться, а ей, по-моему, уже хватит. Да нам всем уже хватит, честно говоря.

С трудом донеся Лику, усаживаюсь в пилотское кресло, устраивая и дочку, получается. Нужно разобраться, что у нас с движителем и куда можно двигаться дальше. Тыкаю по сенсорам одним пальцем, радуясь тому, что полноценного корабельного мозга здесь нет, только «спутник-автопилот». Я задаю ему поиск пригодных для жизни планет и движение на высокую орбиту найденной, хоть и не очень понимаю, что это такое. Вот, кажется, получилось...

Как-то очень быстро я, получается, устаю, даже слишком быстро. Раньше так не было, а сейчас я как-то очень быстро устала, хотя в полёте мы всего ничего. Сейчас чуть-чуть посижу и пойдём мы с малышками спать. Переодевать их не буду, ещё испугаются... Да и мне нехорошо от мысли обнажаться, просто совсем нехорошо, хотя нет же здесь никого опасного. Не знаю, что это значит, завтра подумаю.

С трудом встаю с кресла, поудобнее перехватив Лику, иду в сторону спальни, Лира молча идёт за мной, держась за какой-то ремешок комбинезона. В спальне, которой служит небольшая каюта, я её завтра рассматривать буду, стоят три кровати одна над другой — это детские, рядом же — двуспальная, вот тут мы и будем спать. И мне одной страшно, и девочкам наверняка тоже. Я укладываю Лику, улыбаюсь Лире.

— Ложись, моя хорошая, — говорю ей, девочка берётся за воротник комбинезона, но я качаю головой. — Не надо, так ложись.

— Спасибо... — шепчет она и всхлипывает.

Я сажусь, обнимаю Лиру, укладывая её рядом с Ликой, и ложусь сама так, чтобы обнять обеих. Вспомнив колыбельную, которую слышала когда-то давно, про зелёную карету, пытаюсь её напеть, насколько у меня хватает голоса. Не очень я хорошо сейчас пою, дрожит голос, не знаю почему, вроде бы успокоилась же. Но обе девочки послушно закрывают глазки, а я лежу и думаю о произошедшем.

Паша... Обычный парень, на глаза не лез, не выделялся никак. А оказывается, любил, ведь просто так на такое не идут... Вспоминая его последние слова, я обещаю ему про себя, что обязательно постараюсь быть счастливой, ведь этих гадов здесь нет. Я закрываю глаза, погружаясь в дрёму, но почти сразу, как мне кажется, просыпаюсь. Мне кажется, что рядом со мной очень жалобно скулит щенок. Поворачиваю голову и вижу, что Лика плачет во сне, это она скулит, малышка моя.

Я прижимаю к себе ребёнка, целуя её лицо,

отчего она просыпается, раскрывает глазки и плачет в голос. А я обнимаю её, прижимая к себе. У самой слёзы наворачиваются на глаза. В этот момент просыпается Лира, обнимает нас обеих, насколько хватает рук, и присоединяется к рёву. Теперь мне нужно успокаивать обеих девочек, но я справлюсь, пусть поплачут. Когда плачешь, легче становится, я по себе знаю, вот пусть и маленькие мои выплачутся.

Пожалуй, в этот момент я понимаю, что убью любого, кто посмеет им причинить любое зло. Мне наплевать, что будет со мной, но их я буду защищать, пока дышу, пока могу шевелиться, потому что они мои и я их никому никогда не отдам!

Наплакавшиеся девочки засыпают, задрёмываю и я. Совсем засыпать плохо, потому что я могу напугать их своим криком. Меня же тоже очень сильно напугали. Долго, очень долго пугали, лучше бы... Не знаю, что лучше. Если бы без предупреждения, то со мной могло быть то же, что и с Ликой, а защитить меня точно некому, поэтому хорошо, что я жива. Паша, получается, спас не только меня, но и двоих совсем маленьких девочек. Герой он получается... Где были мои глаза? Жалко, что ничего не изменить...

Малышки снова просыпаются, вместе, одновременно. Опять плачут, опять я их глажу, уговариваю, рассказываю, что всё прошло и никогда не вернётся обратно, потому что я не позволю. Я вижу, они верят мне, поэтому засыпают уже спокойнее. Расслабившись, совершенно неожиданно засыпаю, чтобы проснуться оттого, что меня гладят детские руки.

— Н-не п-плачь, ма-мамочка, по-пожалуйста, — просит меня детский голосок. — Н-не п-плачь, н-нам с-с-ст-рашно.

— Не бойтесь, маленькие мои, — обнимаю я девочек. — Всё хорошо будет, обязательно будет, слышите?

— С-слышим, мамочка, — слышу в ответ, и тут до меня доходит.

— Лика заговорила! — понимаю я. — Умница ты моя!

Лика заикается так же, как и сестра, но она хотя бы говорит. Она разговаривает, значит, не настолько всё плохо у малышки. Значит, всё точно будет хорошо. Вот прилетим мы куда-нибудь, где нет людей, а там посмотрим, что и как будет. Главное, чтобы людей не было. Потому что они очень страшные, эти самые люди.

Условное утро наступает как-то очень быстро, по-моему. За ночь, насколько я вижу, диспозиция в кровати изменилась: слева ко мне прижимается Лика, а справа Лира. Я хитрая, я вчера им немножко разные комбинезоны выдала, так и различаю теперь, а то бы путалась, конечно. Но девочки мои ещё спят, поэтому я пока тоже полежу. Интересно, что там за бортом, долетели мы куда-нибудь или нет?

Вот пошевелилась Лира, она лежит тихо-тихо, видимо, боится разбудить. Я поднимаю руку, чтобы погладить её. Как она смотрит... Сколько любви во взгляде ребёнка. Я бы эту гадюку, её мать, в промышленную мясорубку сунула бы. Да как она посмела такую малышку! На меня никто никогда ещё так не смотрел.

— Сейчас просыпаемся, умываемся, едим и смотрим, куда мы долетели? — озвучиваю я нехитрый план.

— Д-да! — кивает Лира, уже не пугаясь того, что заикается.

— Д-да! — вторит ей Лика с другой стороны.

Я медленно переворачиваюсь, поднимаясь на локтях, чтобы затем сгрести пискнувших девочек в охапку. Надо будет сегодня сменную одежду им присмотреть и подумать, как помыть моих малышек, чтобы не напугать. Но пока нужно умыть, поэтому я с некоторым трудом беру на руки Лику и несу в санузел. Лира встаёт и идёт за мной сама, держась за ремешок. Боится, наверное, что я пропаду, но я не пропаду.

Пора становится взрослой, Машка, вот что. У меня двое детей, солнечных малышек, мы на спасательном боте, Звёзды знают где, вокруг нет никого, и любая ошибка может закончиться очень плохо. Как-то вдруг озверевшие взрослые... Нет, всё, конечно, объясняется, но вот объяснения в памяти всплывают потом, а вот такое вот озверение — оно странное. Что-то мне помнится на эту тему, но вот что именно, сейчас и не вспомню. Будет время — вспомню, наверное...

Дела на сегодня: умыть, это сделано, самой быстро умыться. Душ бы принять, но мысль снимать комбинезон вызывает внутреннюю панику, поэтому пока не буду. Хорошо, что с туалетными делами комбинезоны справляются сами, они космические, все-таки, почти скафандры. Теперь надо поесть всем вместе, а то у меня от голода уже голова кружится. Затем разобраться, где мы, и что у нас с вещами.

Не могу понять, зачем надо было бить малышек. В моём случае формальный повод можно было разглядеть, а их за что? Да ещё и родная мать обрушила мир девочек. Вот они и зацепились за меня, чтобы с ума не сойти. По крайней мере, мне так кажется. А сейчас нет у нас никого, только мы, поэтому я мама. Нет у меня ни опыта, ни знаний, я сама напугана до дрожи, отчего иногда кажусь себе совсем маленькой, но у них просто никого нет.

— Сейчас вот кашку с молочком покушаем, — информирую я Лиру и Лику, хотя у меня ощущение, что из моих рук они и гвозди есть будут.

Я бы на их месте тоже доверилась бы доброй старшей девочке. Сейчас я очень хорошо это понимаю. Разогревая вчерашнюю кашу, я думаю о том, как мы будем жить дальше и что будет, если встретим людей. Убежать мы, наверное, сможем, но нельзя же всю жизнь бегать? Страшно мне, потому что я сама ничего почти не знаю и не умею.

Вот я дура! В боте обязательно есть книги по выживанию, значит, научиться можно, да и от голода не умрём, всё-таки семейные боты рассчитаны на выживание даже на необитаемых планетах. Странно, вот по моим воспоминаниям, к нам относятся, как к животным почти, а боты ориентированы на выживание, в том числе и наше. Что тут не так... Или меня память подводит, или объяснять это пока не надо.

Лира может сегодня уже поесть сама, да и Лика тоже. Надо будет ей ножки помассировать, как в книге было нарисовано, может, поможет. По медицине тут книги тоже должны быть, так что будет чем заняться. Запасов бота должно хватить на год, если его комплектовали правильно, а там что-нибудь придумаем.

Разложив кашу по тарелкам, выдав ложки, сажусь поесть и сама. Вкусная каша, правильно я молока добавила, теперь она немного жидкая, малышкам моим кушать проще. Хорошо, что хоть готовить я умею. Тоже, кстати, странность в памяти. С одной стороны, я умею готовить, а с другой — мы в мегаполисе жили, откуда бы я научилась с такой мамашей? Непонятно...

Заканчиваем с завтраком, надо перенести Лику в рубку, поработать с пультом. Поиск планеты я выставляла по каталогу, потому что по параметрам просто не умею, а с каталогом и ребёнок справится, поэтому есть шанс, что планету бортовой компьютер нашёл и бот к ней привёл. Стартовали мы без внешнего управления, поэтому бот считает, что основного корабля просто нет, а в таких условиях последнее слово за пассажирами, автоматически становящимися экипажем.

— Ну что, пойдём, посмотрим на то, где оказались? — мягко предлагаю я улыбчивым девочкам.

— Д-да, м-мамочка! — радостно отвечают они хором.

Вчерашнее уже отошло на задний план, они

улыбаются, но раздевать я их пока не рискну, потому что... Мне самой раздеваться страшно, что тут о детях говорить? Перенеся Лику и усадив в пилотское кресло, показываю Лире на место рядом. Девочки отлично умещаются вдвоём в кресле, великоватом и для меня, а я нагибаюсь над пультом.

Планета найдена, наверное, её можно увидеть через иллюминатор, только его для этого надо открыть. На боте все иллюминаторы, которых два, закрыты специальными шторками, это было в руководстве написано. Я нажимаю кнопку, иллюминаторы расходятся под дружное аханье близняшек. Зрелище действительно интересное, я такого никогда и не видела — прямо перед нами вращается красивый зелёный шар планеты.

В цифрах атмосферы, излучений и прочего я ничего не понимаю, поэтому смотрю на цветовую шкалу. Тёмно-зелёный цвет показывает на то, что всё хорошо и планета нам подходит. А что тут с жизнью? Людей не будет? Как это проверить?

Малышки сидят тихо-тихо, они смотрят в иллюминатор, а я поглаживаю их, пока роюсь в привязанном к пульту справочнике. Хорошо сделано — краткий справочник цепью привязан, можно быстро найти всё, что нужно. Я нахожу «поиск разумной жизни», сверяясь со справочником, нажимаю кнопки и жду. На самом деле, компьютер это уже сделал, потому что это обычный протокол и теперь только ждёт запроса отчёта, что я и делаю — отчёт запрашиваю.

«Разумной жизни не обнаружено», — гласит ответ компьютера, а мне хочется скакать от радости. Нет разумной жизни — значит нет взрослых и опасности, исходящей от них. Значит... Мы можем здесь жить?

Глава седьмая

Дважды проверяю, хорошо ли пристёгнуты малышки, пристёгиваюсь сама. Точка посадки определена, с Лирой и Ликой я поговорила, они поняли, что пугаться не надо, иллюминатор закрыт. Сейчас мы пойдём на посадку, причем в автоматическом режиме, потому что сама я не умею. Чему успела научиться, тому научилась, а посадка на планеты — это сложно, поэтому сажать бот будет автоматика. Выдохнув, нажимаю кнопку.

Сначала ничего не происходит, а вот потом постепенно наваливается тяжесть. Бот начинает дрожать, но я изо всех сил держу себя в руках, уговаривая себя и улыбаясь маленьким моим. Попу Лики я осмотрела — мазь отлично справилась, поэтому ей уже не больно, но от позы, конечно, заплакала, правда погладить помогло. Маленькая боится теперь такой позы, очень уж сильно напугали. Пока гладила, заметила, что мышцы немного вроде бы пытаются сокращаться, что, по-моему, хорошо. Значит, Лика будет у меня ходить.

Дрожь нарастает, в глазах Лиры мелькает страх, но я могу дотянуться и погладить близняшек, тянущихся к моей руке. Я задумываюсь о том, как бы отреагировала на месте Лики... Вот есть у меня любящая мама, которой я доверяю. Она ведёт меня куда-то, раздевает, но ведь я ей доверяю, мало ли где детей раздевают — переодевая в бассейне, у врача, например. Так вот раздевает меня, кладёт на какую-то поверхность, и тут вдруг становится очень больно. А она, вместо того чтобы спасти, крепко держит и улыбается, что-то говоря. А больно очень сильно, Лика рассказала мне, что чувствовала. Как бы я отреагировала в её возрасте. Допустим, тот папка, которым он был в моём детстве, такое бы сделал... Я бы с ума сошла, наверное. Это же непредставимо вообще. А что чувствовала Лира, понимая, что она следующая, и видя, как появляются полосы? Слыша отчаянный крик сестры? Пытаясь вырваться, чтобы спасти... Мне становится холодно, когда я только пытаюсь представить, а ведь они обе это пережили!

Внезапно дрожь прекращается, но мы ещё летим, я вижу это по альтиметру. Это значит, если верить справочнику, что сейчас мы спускаемся на гравитационных двигателях. Активности по-прежнему никакой нет, иначе компьютер бы уже сказал, но всё вокруг тихо. Легкий толчок возвещает, что мы, кажется, приземлились, поэтому я сначала тянусь к кнопкам открывания иллюминаторов, а потом уже и отстегиваюсь.

— Мы прилетели, — улыбаюсь я моим малышкам, наблюдая за иллюминатором лес. — Сейчас Лира обнимет Лику, и мои самые лучшие девочки постараются не бояться, пока мама найдёт дом, хорошо?

— Х-хорошо, мамочка, — кивает Лира, сразу же обняв сестру.

В спасательном боте должен быть и дом. Нужно найти его контейнер, потом что-то сделать, и у нас будет дом, а бот я отправлю на орбиту, а то он нас выдаст. Дом под деревьями виден не будет, потому что он небольшой, в отличие от бота. Значит, надо собрать дом, вытащить всю одежду, припасы, всё-всё, что здесь может быть, и потом отправить бот прочь, потому что нам никакие гости не нужны.

Я иду в сторону технических помещений, тут должны быть погрузочно-разгрузочные роботы... Где-то точно они тут есть, надо только найти.

Надпись на двери гласит: «Грузовой отсек», значит, мне сюда. Загорается свет, и я вижу ряды ящиков с надписями. Сделано для полных идиотов, по-моему, потому что есть и пиктограммы, и надписи, поэтому роботов я нахожу быстро, и дом тоже. Кнопка на контейнере одна, её и нажимаю, глядя на то, как распаковывается техника. Передо мной загорается экран планшета, не замеченного мной раньше. Зачем это?

Ой, я поняла! Это план того места, куда мы приземлились, и мне теперь нужно просто указать, куда поставить дом! Как удобно сделано, просто заставляет улыбаться от радости, потому что я боялась, что дом придётся собирать самой, но не приходится — всё сделают роботы. Выбрав место так, чтобы, с моей точки зрения, быть понезаметнее сверху, я нажимаю вторую кнопку. Появляется меню из двух пунктов — обитаема планета или нет? Выбираю второй вариант, обнаруживаю подменю, в отношении хищных зверей, и, на всякий случай, отмечаю и этот пункт. Планшет пишет, что нужно подождать час, я киваю ему и ухожу к девочкам.

— Сейчас роботы соберут наш дом, — объясняю я Лире. — А мы возьмём Лику с собой и будем вещи собирать, потому что жить будем в доме.

— Ура... — шепчет Лика. — Т-там н-не б-будет с-стра-страшных?

— Там будем только мы с вами, моя хорошая, — я обнимаю девочек.

Некоторое время мы сидим, не двигаясь. Но собираться надо — собрать те вещи, которые в боте, все продукты питания, выгрести максимум, включая планшеты, ведь чем-то заниматься надо. Лике я придумываю занятие — она будет помогать укладывать вещи, которые достанет Лира, а я буду делать всё остальное. Это займёт девочек важным, полезным делом, они не будут задумываться и пугаться, что в нашем случае очень важно.

Лира что-то тихо напевает, при этом совсем не заикаясь. Ого! Интересно, что будет, если их попросить не говорить, а петь слова, получится? Надо обязательно попробовать! Если они смогут разговаривать, не заикаясь, то не будут так бояться. Ещё и ножки Лике починим и будем жить счастливо, безо всяких взрослых. И без страха, точно.

— Лика, Лира, а давайте поиграем? — предлагаю я близняшкам. — Мы будем не говорить, а петь, — пропеваю я фразу.

— Я согласна! — поёт за мной Лира, радостно улыбаясь.

— Я тоже согла-асна! — поёт, совсем не заикаясь, Лика.

Правильная мысль, получается. Теперь буду знать, как помочь им, а с ножками уже дома посмотрим, потому что сейчас надо перетаскать все-все вещи, а потом поставить бот на возвращение. Послать его куда-нибудь в сторону Земли с моим приветом. Пусть эти гады получат когда-нибудь проклятье от чуть не убитых ими людей. Людей, а не животных!

— Пойдём тогда в на-аш дом, — пою я, потому что мы играем.

Взяв на руки Лику, я веду Лиру наружу за руку. Немного страшно, но я справляюсь, убедив себя в том, что ничего плохого случиться не может. Дом уже стоит, вокруг него суетятся роботы, совсем на людей не похожие. Они вытаскивают из бота какие-то контейнеры, что-то с ними делают, чего я не понимаю, поэтому просто устраиваю Лику на травке.

Вокруг трава, шумит лес, поют птички и довольно-таки жарко. Значит, получается, мы летом прилетели. Это очень хорошо, что лето, потому что успеем привыкнуть к изменению погоды. Моё летнее платье... я надевать не буду. Мне просто страшно его надевать, поэтому оно улетело в боте. А мне надо поискать другую одежду среди той, что была в боте.

Я провожаю глазами медленно уходящий вверх бот. Аппаратуру связи я даже разгружать не стала, не нужна нам никакая связь, а из оружия только парализующее взяла, потому что никого убивать не хочу. А ради еды… Ну убью я птицу или зверя, и что с ним потом делать? Я же не умею ни свежевать, ни ощипывать, ни что-то ещё с ними делать, поэтому мне не нужно. Проживём и без мяса как-нибудь. Анализатор поможет определить съедобные ягоды и грибы, дом у нас есть, посажу я семена, которые есть, и будем жить-поживать…

Книг у нас видимо-невидимо. Они на пластиковых листах, а не электронные, хотя электричество у нас есть — дом-то автономный, со своим реактором, топлива которому лет на пятьсот хватит. Ну вот сколько нам отмеряно, столько и проживём, не хочется мне о смерти в четырнадцать лет думать.

— А давайте, — пою я девочкам, потому что мы сейчас только поём. — Сегодняшний день будет нашим днём рождения. Месяц назовем июлем, а число первое?

— Ура! — восклицают мои малышки, соглашаясь с предложением.

Хочется начать с чистого листа. Не жить по календарю корабля или далёкой Земли, а начать здесь с нуля. Запретить нам это никто не может, а когда наш срок закончится, всё равно о нас никто и не вспомнит, так что нечего и думать.

Сейчас мы сидим прямо на траве у порога нашего дома. Дрова нам не нужны, на лесное зверьё нападать мы не планируем, но у меня всё равно ощущение такое, как будто я что-то забыла. Задумываюсь, и вспоминается мне рассказ о Хозяине Леса. Мы тут на чужой планете, так что вряд ли применимы такие сказки сейчас, но просто хочется мне сделать что-то такое, поэтому я встаю, поворачиваясь к лесу. Теперь нужно поклониться так, чтобы рукой достать до земли.

— Здравствуй, Хозяин Леса! — громко говорю я. — Прости, что живём без спросу, да только нет у нас другого выхода. Не сердись на нас, пожалуйста, — прошу я.

Глупость, конечно, несусветная, да только чувствую я, что мне на душе легче стало, значит, всё правильно. А раз правильно, то пусть. Я сажусь обратно и начинаю рассказывать удивлённо смотрящим на меня девочкам о Хозяине Леса, ну то, что помню сама. Меня слушают, буквально затаив дыхание, глядя своими абсолютно чудесными глазами.

— Мы сейчас посидим и просто послушаем лес, — объясняю я прильнувшим ко мне близняшкам. — А потом и кушать отправимся.

— Да, мамочка, — поют они хором, ничуть при этом не заикаясь.

Ничего, доченьки мои любимые, мы со всем справимся. Будем книжки читать, старые фильмы смотреть, гулять, ягоды собирать... Здесь, судя по оставленной карте, неподалёку и озеро есть. Значит, сможем там купаться, как только малышки перестанут пугаться обнажения. Ну и я тоже, потому что сейчас даже мысли не возникает. Ну и не надо, не спешим мы пока никуда.

Кстати, в одежде и платья есть, и шорты, поэтому можно будет и переодеть девочек, да и меня тоже. С бельём напряжёнка, правда, но я выкручусь, а на маленьких трусы есть, нашлись в специальном контейнере. Значит, уже хорошо. Сегодня их уложу в трусиках и маечках, чтобы кожа дышала. И помыть ещё, надо подумать, как, а то вредно это, наверное, долго не мыться. Если я смогу, но и грязной быть... Ладно, об этом вечером подумаю.

— Пойдём все вместе обед готовить? — интересуюсь я.

— Да! — отвечают мне малышки.

Пока они поют, совсем не заикаются, значит,

постепенно привыкнут, а сейчас мы идём на кухню нашего нового дома. Он действительно небольшой — один этаж, две комнаты, кухня, санузел, зато есть ванна. Можно было поставить и другой дом, который тоже был на боте, но трёхэтажная домина с кучей комнат нам не нужна просто. Одну комнату приспособим под библиотеку, там же будем смотреть фильмы, а во второй спать, там и кровать уже стоит. Двуспальной кровати нам троим вполне хватит, потому что спать одни девочки смогут вряд ли скоро, да и мне самой страшно будет. Поэтому всё правильно.

Кухня небольшая: плита на два глазка, духовка, микроволновка, посудомойка, кухонный комбайн и всё. Ну ещё стол и холодильник тоже. Вся техника подключена, реактор необслуживаемый, это значит, что будет работать сам и следить за ним не надо. Электричество в доме есть, но особенно меня радует проектор-ночник, он делает из потолка настоящее звёздное небо, даже кометы пролетают время от времени. Малышкам будет не так некомфортно... Помню, как в детстве боялась темноты, а папа рассказывал мне сказки и прогонял подкроватного монстра, о котором я прежде и не слыхивала.

На обед нужно сделать суп, потому что нам всем полезно, а на второе, наверное, сделаю макароны с консервированным мясом кролика, это быстро, вполне полезно и вкусно. Значит, комбайн пока занимается картошкой и морковкой, а близняшки мои будут мешать будущий суп. Это их займёт, а я пока ставлю воду на макароны. Их у нас много разных, но у меня же дети, которых очень надо порадовать, потому макароны выбираю фигурные.

Наш первый обед на новой планете... Пока мы едим всё, привезённое с собой, но скоро, наверное, нужно будет сажать морковку, картошку и лук. А потом и огурцы с помидорами, даже семена кабачков есть! А рожь, наверное, уже на следующий год, когда всё здесь изучим, тогда можно будет автопахаря включить и засеять, может, что и выйдет, потому что мука много где нужна. Нужно будет руководство почитать, где написано, как это правильно делать. Ничего, не боги горшки обжигают, как говорил папа, когда был нормальным, научимся.

Комбайн уже почистил и измельчил овощи кубиками, поэтому я их просто засыпаю в воду, а сама занимаюсь макаронами. Еды у нас вдосталь, голодать точно не будем. Надо будет поискать ягоды и грибы, определить, какие съедобные, какие нет, и заняться учёбой доченек моих. Я решила, буду звать их дочками, раз для них я мама.

Готовый суп разливаю по тарелкам, выдавая ложки, но не давая хлеб, потому что макароны на второе, а на третье у нас будет сегодня просто сок яблочный. Завтра надо будет подумать о компоте, потому что нужно же. Хочется упасть и ничего не делать, но мне уже нельзя, я мама. Сейчас вот маленькие поедят, потом я их отдыхать положу. А пока они поспят, разберусь с вещами. Что у нас на сейчас, а что на вырост, это очень важно. И даже хорошо, что детское всё одинаковое: Лира и Лика близняшки, им очень нравится в одинаковое одеваться. Вот и решили...

Глава восьмая

Долго думаю, как помыть малышек, ничего не придумывается. Тогда я наполняю ванну водой и делаю пену. Затем аккуратно сажаю Лику прямо в комбинезоне в ванну, а потом и Лиру. Девочки немного ошарашенно смотрят на меня, не понимая, что я собралась делать.

— Если вас раздеть, вы можете испугаться, — объясняю я обеим. — А тут у нас пена, и вас не видно, поэтому я сейчас сниму с вас комбинезоны, но вы будете в пене, как будто одетые, понятно?

— Мамочка самая лучшая! — поёт Лира, а Лика просто всхлипывает.

— Нужно же помыть и переодеть доченек, — продолжаю я объяснения.

Звёзды, как они смотрят! Сколько в их глазах всего, даже слов нет, чтобы это описать. Я осторожно снимаю комбинезоны с обеих, вынимая те затем из воды. Когда я Лику лечила, тоже же обнажала, но она не пугалась... Может, я и перестраховываюсь, но лучше так, чем их слёзы. Хватит уже слёз, хватит.

Девочки вполне в состоянии помыться сами, но смотрят так, что я всё понимаю, начиная их купать. Хотя я не умею купать детей, но тут наука несложная, поэтому спустя несколько минут с моего комбинезона стекает вода, а малышки вовсю резвятся в воде. Я домываю их, затем заворачиваю каждую в полотенце, и мы оправляемся на кровать. Массировать я буду обеих, причем начну с Лиры. Сначала надеваю трусики на Лиру, и на Лику, а потом начинаю массировать ножки той, что ходит. Лира хихикает, потому что ей щекотно, Лика смотрит на это и улыбается, поэтому, наверное, не пугается, когда я перехожу к ней. Мне кажется, что ножки сопротивляются сгибанию, значит, они начинают работать?

Очень хочется надеяться. Я надеваю на девочек маечки и закатываю под одеяло. Надо мне дать себе с полчаса на помывку, если вообще получится, ведь мне себя так не обмануть, а страшно так, как будто... Всё-таки не угроза битья во мне что-то сломала, а бывший родитель, ударивший и начавший лапать. Видимо, именно это чувство абсолютной беззащитности меня и подрубило. Ну а потом необходимость обнажаться перед посторонними просто стала последней точкой.

— Давайте я вам мультики включу? — предлагаю я доченькам.

— Ты мыться тоже будешь, — понимает Лира. — Включай, мы постараемся не бояться.

Включив экран в спальне, я выбираю какой-то мультфильм, на вид, вроде бы, добрый, глажу малышек и отправляюсь в ванную. Теперь мне предстоит самое сложное — раздеться. Меня не били, просто не успели, не насиловали, ничего не сделали, почему же мне так трудно раздеться? Я себя не понимаю, но пытаюсь заставить и не могу. Не получается полностью раздеться. Хорошо, а если отдельно верхнюю часть, а потом быстро переодеть нижнюю?

В результате у меня получается помыться, но я просто реву, стараясь не плакать в голос — настолько сложным оказывается даже просто переодеться. Постоянно кажется, что сзади стоит кто-то... Который только и ждёт, чтобы я оказалась обнажённой перед ним. Паника накрывает просто с головой. Неужели и у малышек так же? Маленькие мои...

Умывшись, чтобы скрыть слёзы, и переодевшись, я отправляюсь к близняшкам моим. Нам нужно отдохнуть, потому что завтра большой день. Хотя, кого я обманываю, нам всё равно будут сниться кошмары, и когда они закончатся, я просто не знаю. Откуда мне знать такие вещи, тут, наверное, врач нужен, психиатр или ещё кто-нибудь, но такие врачи все взрослые, а доверять взрослым нельзя, они все враги. Да и нет тут никаких взрослых, что меня очень радует.

Наступившее утро будит нас солнечными лучами. На новом месте спалось, конечно, не очень хорошо, малышки мои плакали, а приснившийся мне очень реалистичный сон я и рассказывать не хочу, хотя он так и стоит перед глазами, заставляя дрожать от испытанных в нём ощущений. Интересно, откуда у меня прямо вот такие кошмары? Неужели это было возможно? Не буду думать об этом, не буду.

Лучше приготовить завтрак, умыть Лику, Лира у нас умница, она умывается сама, а потом, после завтрака, мы пойдём гулять по окрестностям. В лесу немного, потом посмотрим, что у нас в отношении диких зверей, ягод, может быть, и дикие фрукты какие-нибудь водятся… Вариантов много, на самом деле. Нам здесь всю жизнь жить, надо с чего-то начинать. Правда, далеко ходить с Ликой у меня не получится, потому что тяжеловата она для меня, но, как говорили в каком-то фильме, «своя ноша не тянет».

После завтрака я, подумав, надеваю перевязь через плечо, в которой малышей носят, забыла, как это называется. В неё сажаю Лику так, чтобы ей было удобно, ну и мне распределение веса помогает обеспечить. Взяв Лиру за руку, я выхожу из дома. Не сильно облегчает жизнь эта перевязь, но как-то увереннее я себя с ней чувствую, значит, всё в порядке.

На руке у меня работает прибор определения крупных живых форм, чтобы не было сюрпризов, Лира держит анализатор пищи, которым время от времени тыкает в ягоды, встреченные нами по дороге. Через некоторое время я отмечаю странность — все встреченные нами на пути ягоды, согласно анализатору, съедобные, а это довольно странно, ну или необычно, ведь я читала, что в лесу довольно мало растёт именно съедобных ягод. Возможно, это в земных лесах так, а в инопланетных как раз наоборот? Но пока всё, что видит Лира, съедобное, поэтому она набирает ягоды в прихваченную с собой пластиковую посудину. Домой вернёмся — попробуем, может и проблема компота решится, потому что компот все любят.

Через некоторое время я устаю и присаживаюсь на поваленный ствол какого-то дерева, как будто специально здесь уложенный, чтобы можно было отдохнуть. Лира сразу же устраивается рядом, немедленно ко мне прильнув.

— Мамочка, а так всегда будет? — интересуется она, уже привычно пропев фразу.

— Так будет всегда, маленькая, — киваю я ей. — Но лето пройдёт, придёт осень, за ней зима... По крайней мере, на это похоже, но что на самом деле будет, мы ещё увидим.

— И не будет тех, кто сделал Лике больно? — спрашивает меня Лира.

— Не будет их больше, — улыбаюсь я ей, отчего она счастливо улыбается.

Да, нам будет нелегко, наверное, но ради этого чистого детского счастья можно пойти на что угодно, ведь главное — чтобы дети улыбались. И все, кто этого не понимает, — вообще не люди. Люди должны понимать, что нет ничего в жизни важнее этих волшебных глазок, с любопытством глядящих вокруг.

В результате ягод мы набираем, конечно, много. И оказывается, что они кисленькие, но не очень сильно, а есть ещё сладкие, вкусы разные, но наедаемся мы до отвала буквально, при этом я понимаю, конечно, что учебнику это не соответствует — там написано, что дикие ягоды кислые, и обнаруженные нами фрукты, чем-то похожие на яблоки, тоже, а у нас всё сладкое, как будто специально сделано для детей.

Может быть, мы в заповеднике приземлились или в парке для детей? Но бот же не обнаружил разумной жизни… Что это тогда? Я не знаю, хотя очень боюсь встретиться со взрослыми любого народа и расы. Вряд ли инопланетяне чем-то отличаются от людей, разве что для них мы точно не такие… Девочкам я это, конечно, не говорю, но впервые задумываюсь о том, что зря не оставила ружьё какое-нибудь.

Впрочем, не о том думаю, надо же напечь пирогов с ягодами, чтобы угостить и Хозяина Леса, ну, как в сказке было. Почему-то хочется поверить в сказку, даже очень хочется, поэтому я собираюсь замесить тесто. Малышки порадуются тоже, а затем мы начнём разбираться с ягодами, будем на зиму их заготавливать. Бот сказал, что зима тут есть и вообще цикл очень на земной похож, а не верить ему я смысла не вижу.

— Мы будем собирать ягоды, — сообщаю я Лире и Лике. — И заготавливать их на зиму специальным способом, чтобы и зимой они у нас были.

— Мамочка, я ножки чувствую! — пропевает мне в ответ Лика.

— Ура! — радуюсь я. — Это надо отпраздновать!

Вот и повод для пирогов. Новость-то какая прекрасная! Значит, скоро Лика сможет снова ходить, а речь, я уверена, тоже поправится. Всё у нас будет хорошо, я полностью в этом уверена. Интересно, это совпадение? Ну мы наелись ягод, и после этого Лика почувствовала ноги... Может быть, эти ягоды волшебные? Ну вдруг мы попали в сказку, где вс волшебное? Надо будет фильм-сказку на экран запустить и посмотреть всем вместе, только добрую какую-нибудь.

Я замешиваю тесто, потому что в сказке вс надо было делать своими руками, а раз у нас тут сказка, то нечего комбайну доверять. Ну мне же не жалко? Вот... Лира и Лика о чём-то шепчутся, но я зову их помогать. Детям очень нравится с тестом возиться, я это сразу вижу, поэтому мы работаем вместе, перехихикиваясь. Я чувствую, что меня распирает радость оттого, что мы вместе, можем вот так играть, и не висит над головой угроза наказания.

Иногда мне становится чуть грустно, но я справляюсь с этим чувством, потому что грусть — это нехорошо. Увидят малышки, что мама грустит — плакать будут. А зачем это нужно? Правильно, совсем никому не нужно. Так я думаю, глядя на то, как уже поднявшиеся поспевают в духовке пироги. Сегодня у нас будет праздник, потому что Лика чувствует ноги, значит, скоро... Девочки строят планы на то, что будут делать, когда ножки полностью починятся, а я слушаю их и улыбаюсь.

Вот и пироги поспели. Я отделяю часть еще горячих пирогов, а остальные раскладываю, чтобы они остыли. Пахнет, конечно, умопомрачительно, даже странно, что получились. Видимо, это из-за любви, с которой близняшки месили тесто и делали пироги.

— Сейчас мы часть отнесем Хозяину Леса, — рассказываю я, отделяя половину. — Скажем ему «спасибо» за сладкие ягоды, да и просто угостим.

— Ой, здорово! — хлопают в ладоши мои малышки.

Очень им сказка нравится, ну и мне, конечно, тоже. Кажется, что вокруг нас волшебные силы, а мы совсем не одни, не преданы и не брошены. Правильно ли так думать или нет, я не знаю, просто очень хочется думать именно так, поэтому я исполняю ритуал, в сказке описанный, ну а потом мы возвращаемся, чтобы поесть очень вкусных, душистых пирогов, запивая их ароматным чаем. Надо дать Лире и Лике атмосферу праздника, которой мне не хватало много, много лет.

Девочки радуются, а мне кажется, что я вижу через окно какое-то марево над тем местом, где мы пироги оставили. Наверное, мы действительно в сказке, и, если наше подношение исчезнет, значит, мы действительно... Пусть будет сказка для нас троих? Обязательно добрая и очень волшебная! Разве малышки не заслужили такую сказку? Вот я думаю, что заслужили, поэтому после еды мы будем смотреть сказочный фильм из далёкого прошлого, а потом массироваться...

Где-то недели через две надо будет попробовать посадить летние семена и посмотреть, что получится. Опять же, у дочек будет занятие, очень-очень важное, как же иначе? И раз мы в сказке, то нужно и сказки почитать, чтобы знать, как правильно себя вести. Наверное, со стороны это выглядит смешно, но мне неважно. Потому что, во-первых, некому тут со стороны смотреть, а во-вторых, для меня главным являются улыбки моих дочек, которых я, кажется, искренне таковыми считаю.

Самым странным оказывается сладкий спокойный сон после этих пирогов. Как будто кто-то или что-то накрыло нас тёплым пухом, и мы все трое спокойно спим всю ночь. Я впервые за долгое время высыпаюсь, проснувшись отдохнувшей, рядом со мной потягиваются мои малышки. Сладко-сладко зевают, трут кулачками глазки, и так это мило, что я просто обнимаю обеих, прижимая их к себе. А потом, как по наитию какому, не беру Лику на руки, а осторожно ставлю на ноги. Моя малышка непонимающе оглядывается вокруг, а потом просто визжит, визжит от своего огромного счастья, не в силах его сдержать.

— Сегодня мы будем учиться ходить, — объявляю я, когда визг смолкает.

Конечно, я знаю, что за один день мы ходить не научимся, но Лика стоит! Она на своих ножках стоит, и это огромное, просто невыразимое чудо! Лира просто плачет, тоже от счастья, но плачет, глядя на стоящую сестрёнку. Потом девочки обнимаются и продолжают слезоразлив, а я... Я не успокаиваю их, очень хорошо понимая, что им нужно проплакаться.

Потом мы умываемся, завтракаем и учимся ходить. Мы делаем свой первый шаг, все вместе делаем. И Лика, и Лира, и я.

— Мамочка самая лучшая! — шепчет Лика, а Лира кивает.

— Это вы у меня самые лучшие, — улыбаюсь я, обнимая обеих своих дочек.

Пройдёт ещё несколько дней, минет неделя,

за ней другая и... Лика будет прыгать с сестрёнкой вокруг меня, заливая своим счастьем всё вокруг. Потому что мы победили беду, и моя девочка волшебная теперь может ходить. Теперь она может бегать, прыгать, залезать на маму и радоваться жизни. А я смотрю на близняшек, утирая слёзы, потому что они настоящее чудо.

Глава девятая

Осень ожидаемо начинается с дождей. Я радуюсь тому, что правильно с датой угадала, потому что основные дожди приходятся как раз на наш условный сентябрь. Получается, всё правильно. Во время дождей мы сидим дома, читаем сказки. В основном я читаю вслух. Дочкам очень нравится, когда мама читает сказки. Я полностью приняла тот факт, что я мама, потому что нет ничего светлее, чище, волшебней на свете моих доченек, на которых у какой-то змеи подколодной рука поднялась. Они такие светлые, открытые, яркие, просто два маленьких ангелочка. Очень послушные доченьки, помощницы мои.

Я очень люблю обеих, и они отвечают мне тем

же. Мы семья. Навсегда вместе, потому что так правильно. Вот сейчас они лежат, слушают сказку про Деда Мороза и доброе волшебство, а я им улыбаюсь. Скоро дождик закончится, мы наденем высокие сапоги и пойдём по грибы, чтобы собрать их много-много, а потому опять угостить Хозяина Леса. Это обязательно и, по-моему, очень правильно. Малышки привыкают к тому, что у нас есть ритуалы, которые им очень нравятся, а есть ли Хозяин Леса, нет ли его, уже не так важно. Просто рядом есть кто-то, кто поможет.

Время течёт быстро, но это никому не мешает. Посаженные овощи растут хорошо, даже странно, потому что с морковкой я ошиблась — не вовремя посадила, но даже она, как на дрожжах растёт. Как тут не поверить в сказку? Скоро у нас будут свежие продукты, наши, это тоже очень хорошо, даже здорово. А вот зимой, наверное, придётся в комбинезонах ходить, потому что обогрев только в них. Зимняя одежда в наборе бота есть, но она мне не внушает доверия, не знаю почему.

Мы уже, можно сказать, втянулись в такую жизнь. Ну ещё Лика ходить начала, хотя она часто падает — трудно ей пока, но всё будет хорошо, я знаю это. Даже в озере недавно купались, и доченьки мои нормально к обнажию отнеслись, просто сказав, что мне они доверяют. Вот мне самой ещё сложно, очень сложно, но я справляюсь. Всё-таки был под наркотой бывший родитель или нет, я не верю в то, что он не мог сопротивляться, ведь были же родители, которые не раздевали детей, были! Значит, сопротивляться было возможно, но наши почему-то не стали.

— Мамочка, дождик закончился! — замечает Лика. — Мы пойдём за грибочками?

— Пойдём, маленькая, — улыбаюсь я ей, вставая и откладывая книгу.

Близняшки будто стали младше — четырёхлетними, или даже трёхлетними, но я не волнуюсь, потому что ничего с этим сделать не могу, пусть всё будет, как будет, потому что так правильно. Сейчас мне нужно помочь им с одеждой. Пожалуй, это будут комбинезоны и высокие сапоги, на случай если опять дождь начнётся, чтобы не простудились.

Лира бежит на кухню за анализатором и судочками, которые у нас роль корзинок выполняют. Лика реагирует медленнее, она-то ходит, но вставать ей сложно немного. Иногда я думаю, что, когда били, могли что-то повредить в организме ребёнка, очень уж следы страшно выглядели. Я помогаю ей подняться, одеться, тут прибегает и Лира — тоже одеваться. Ну и я быстро втискиваюсь в корабельный комбинезон. Мой-то серый по цвету, а вот у детей — ярко-оранжевые, потому потерять их технически сложно. Минут через десять мы готовы и, радостно улыбаясь, выходим из дома.

Ожидаемой грязи нет, только чуть хлюпает под сапогами, дочки время от времени, улыбаясь, подпрыгивают, но убежать не пытаются. Держатся за меня, боясь потерять тактильный контакт. Я это слово в книге вычитала! Оно значит, что малышкам моим очень надо прикасаться к маме, а то им плохо будет, поэтому мы друг за друга держимся, идя по лесной тропинке.

За два месяца мы не встретили ни одного хищника, хотя следы их видели, да и других зверей, кроме похожих на белочек синих зверюшек, не видели. Но дочки просто посмотрели, ничего не став предпринимать, потому что кто знает, что едят эти синие белочки, а делать им плохо никому не хочется. Впрочем, сейчас мы идём за грибами. И вот, как по мановению волшебной палочки, за поворотом тропинки открывается целая поляна, полная грибов!

— Лира, Лика, — обращаю я на себя внимание. — Идём осторожно, чтобы не потоптать. Каждый пробуем анализатором и зовём маму, сами не выдергивайте, да?

— Да, мамочка! — кивают обе, принимаясь за дело.

Я, конечно, подозреваю, что эта поляна тут специально для нас, но проверять всё равно нужно, малышки должны привыкать, что мы, конечно, верим в сказку, но обязательно проверяем. Так жить проще, поэтому я иду за девочками, аккуратно срезая гриб за грибом. Жадничать мы не будем, но нам и посушить их надо, и суп сделать, и жаркое ещё очень попробовать хочется, ну и пироги, конечно. Поэтому собираем от души, а потом домой идём.

— А что мы делать будем? — интересуется Лира, когда мы уже подходим к дому.

— Развесим на просушку, — решаю я. — Потом будем все вместе тесто месить, чтобы пироги сделать. И Хозяину Леса, и нам тоже, а вот пото-о-ом!

— А что будет потом? Что? — заинтересовываются доченьки.

— Потом мы суп из грибов сделаем! — сделав таинственное лицо, отвечаю я.

Лира и Лика начинают прыгать от радости. Они очень любят что-то готовить, да и вообще делать вместе со мной. Помощницы мои, солнышки такие. Очень они у меня хорошие, чудесные просто.

Сначала мы все вместе развешиваем грибы сушиться, а потом я замешиваю тесто. Муки у нас не вагон, но Хозяину Леса жалеть нельзя, поэтому я и занимаюсь. А рядом доченьки мои наполняют тесто своей любовью и детской радостью, отчего оно быстрей подходит и очень вкусное получается. Ну мне так кажется, а ещё кажется, что так правильно, потому что мы на сказочной планете живём.

Поэтому мы готовим пироги, оставляем их в дар Хозяину Леса, при этом дар регулярно пропадает, значит, принимают его, за это нам ягоды, фрукты, грибы вот... ну, насколько я понимаю, как оно всё происходит, в сказке-то. Интересно, а Дедушка Мороз здесь будет? Хотя я и не знаю, о чём его попросить, у меня вроде бы всё есть... Доченьки самые лучшие, дом хороший, голод нам точно не угрожает... Чего ещё желать?

Вот по весне попробую медку раздобыть, тогда и закончившийся сахар проблемой не станет. Так что не о чем мне Деда Мороза просить. Добрых родителей? А смогу я им поверить? Вот то-то и оно...

Горячие лбы и больные глазки малышек меня пугают чуть ли не до паники, но, взяв себя в руки, я лезу к медикаментам за термометрами. И к справочнику медицинскому. В комплекте аптечки находится и экспресс-тестер. Если его подключить к домашнему вычислителю, то они могут помочь с диагнозом. Хотя малышки, скорей всего, просто простыли. Осень же, бывает такое, где-то не уследила я за ними.

Тем не менее, обнаружив температуру, даю им чаю с малиной, благо, летом заготовили её. Таблетки оставляю на случай, если выхода не будет, потому что дозировку надо рассчитывать, а я не умею. Но пока надо поить чаем, мёду бы ещё, но нет у нас мёда, а оставить их одних просто немыслимо. Ещё липовый чай рекомендуют, но липу я не собирала, потому что просто не знаю, как она выглядит.

А малышкам плохо, температурят они у меня, и я уже думаю давать таблетки, которые неизвестно, не сделают ли хуже. Страшно — жуть как. Но в справочнике написано: выпаивать, вот я и выпаиваю, надеясь на лучшее. Им бы ещё молочка с мёдом, но нету. Поэтому выпаиваю тем, что есть. Глажу моих хороших, не сплю ночами, надеясь на то, что выздоровеют. На четвертый день слышу, будто что-то бухнуло за дверью. Открываю, а там колода такая деревянная, а в ней соты. Я даже расплакалась.

Поклонилась, сквозь слёзы благодарю Хозяина Леса и мчусь молочко с мёдом делать моим доченькам. Подозреваю я, что мёд мне подарили не простой, а целебный, поэтому всё будет хорошо. Пою малышек, а сама уже не знаю, кого просить об исцелении. Но жар как-то очень быстро спадает — и часа не проходит, и я плачу от облегчения.

— Не плачь, мамочка, — просит меня Лира. — Ты нас вылечила, я чувствую.

— Это Хозяин Леса мёд прислал моим солнышкам, — объясняю я.

— Но лечила нас всё равно мамочка, — отвечает мне Лика. — Значит, ты вылечила, а Хозяину Леса мы ещё спасибо скажем.

— Хорошо, что мы в сказке живём, — улыбается Лира. — В сказке здорово.

Вот и пошли они у меня на поправку. Проходит буквально два дня, и от простуды никаких следов, как не было её. Ответил нам добром на добро Хозяин Леса, получается. Действительно, хорошо, что мы живём в сказке, в самой настоящей просто сказке. Я не знаю, как это возможно, потому что такого же не может быть, но я сама не сильно взрослая, поэтому в сказки верю, а малышки тем более.

Осень проходит, вот уже и ноябрь не за горами, значит, скоро выпадет снег. Ну, я на это надеюсь. Будут малышки мои в снегу валяться, радоваться этому, а потом мы будем учиться по льду кататься. Коньков у нас, правда, нет, зато есть такие плоские штуки, которые санки заменяют. Вот на них и покатаемся, потому что зима же идёт, радостное, снежное время.

Я знаю, что скажу Деду Морозу. Я ему спасибо скажу и попрошу передать это спасибо Хозяину Леса, потому что оно от всего сердца. Вот что я скажу Деду Морозу, если он есть в этой сказке. У нас действительно всё есть, ну а то, что мне иногда тоскливо и хочется чего-то непонятного, так это и неважно, ведь у меня доченьки. Самые-самые!

Становится всё холоднее на улице, вот я уже для прогулок надеваю комбинезоны на Лиру и Лику, чтобы не простыли опять. Лике опять становится тяжело ходить, она ходит, конечно, но ей не очень легко — ноги болят. Поэтому я её опять на руках ношу, пытаясь понять, в чём дело. Справочник мне ответить не может, он не доктор, а всяких рентгенов у нас просто нет.

— Я не смогу ходить? — плачет Лика.

— Сможешь, — уверяю я её, и доченька мне верит.

Я просто надеюсь, что это осень виновата,

потому что слышала где-то, что осенью может стать грустно нездоровым детям, но где, хоть убей, не помню. Поэтому, когда становится ещё холоднее, мы всё больше дома сидим, сказки читаем, экран со старыми, ещё плоскими, фильмами смотрим. Они-то плоские, но какие всё-таки волшебные...

Я и не знала, что когда-то давно снимали такие фильмы. Где-то наивные, где-то нереальные, но такие добрые, что всё остальное уже неважно. Малышки смотрят не отрываясь, а я пытаюсь понять, что изменилось. Сегодня что-то изменилось, только я ещё не поняла что. Задумываюсь...

— Мамочка, а Серый Волк её поймает? — интересуется Лика, и тут до меня доходит — доченьки не поют, а просто говорят! Говорят и не заикаются!

— Не поймает, малышка, — улыбаюсь я. — У него сейчас другие проблемы будут.

— Ура! — восклицает Лира.

— Доченьки, — негромко произношу я, — вы вылечились, вы больше не заикаетесь!

— Это потому, мамочка, что ты нас не пугаешь, — резонно замечает Лира. — Мы не боимся, а если нас напугать, то, наверное, опять...

— Никто не будет вас пугать, — я смеюсь,

обнимая своих ангелочков. — Некому больше вас пугать.

Они улыбаются, я улыбаюсь вместе с ними, потому что мы живём в очень доброй и ласковой сказке. С этими мыслями я и мою моих уже не боящихся обнажения доченек, и спать укладываю, неожиданно понимая, что страх покинул и меня. Некого здесь бояться, просто некого. Поэтому я спокойно сплю, кошмары уже не приходят ко мне, очень сладко спят и малышки, постепенно переставая быть очень маленькими.

После Нового года, наверное, можно будет попробовать позаниматься по школьной программе с ними. Хотя именно школа нам не нужна, но вот писать и читать необходимо, поэтому будем и этим заниматься, конечно.

— Мама! Мамочка! Смотри! Что это? — Лира, подпрыгивая, показывает пальцем в окно, за которым на землю опускаются белые хлопья.

— Это снег, доченька, — улыбаюсь я, понимая, что снег дочкам помнить неоткуда.

Интересно, почему я его помню, ведь я в мегаполисе жила, а там снега не бывает даже теоретически? Не в первый раз я замечаю, что помню то, что не должна по идее. Но, тем не менее, помню откуда-то... Правда, не могу сказать, что меня это слишком уж сильно волнует, потому что... какая разница?

Я быстро одеваю близняшек, укутываю их, одеваюсь сама, и мы выскакиваем на улицу — встречать первый снег. Самый первый снег в новом для нас мире, а для двух маленьких ещё девочек — первый в жизни снег. Мы скачем под падающими хлопьями, ловим их руками и на язык, очень радостно смеёмся. Да, я веду себя сейчас, как ребёнок, ну и что? Во-первых, я и есть ребёнок, ну, почти. А, во-вторых, почему бы и нет?

Глава десятая

Зима тут настоящая, самая-самая, как на картинках в книжке сказок. Всюду лежит снег, прямо от двери нашего дома сугробы — мне по пояс. Я беру снегоочиститель, чтобы проложить дорожку, потому что малышки в снегу утонут. Лучше всего с температурой минус десять справляются наши комбинезоны — малышкам тепло. На ногах — тёплые сапоги, на головах — шапки очень пушистые. Мех искусственный, но им без разницы, через несколько минут передо мной просто два снеговика. Глазки горят, щёчки розовые, на лицах улыбки, ангелочки мои.

— Будем лепить снеговика, — сообщаю я дочкам.

— Ура! — прыгают они на месте. — Как на картинке?

— Как на картинке, — соглашаюсь я, начиная лепить снежок. — Вот так делаем, а потом катим по снегу, да?

— Да! — радуются Лира и Лика.

Какие они у меня чудесные, просто чудо какое-то, а не доченьки. Самые-самые мои! Ой, нужно же руки и глазки сделать, а морковка для носа у нас есть. Ну, сейчас долепим и в лес пойдём, сучья поищем для рук. Тоже будет приключение, настоящее, зимнее. А потом, попозже, попросим разрешения у Хозяина Леса ёлку нарядить. Скоро Новый год. Смастерю я малышкам подарки «от Деда Мороза», будут они у меня счастливые. И Хозяину Леса надо подарок смастерить, но для него мы все вместе сделаем. Хоть тут и сказка, но есть ли Дед Мороз, я не знаю, поэтому буду сама мастерить, радовать своих малышек, ведь это наш первый Новый год.

Вот какой ком снега скатали! В половину своего роста! Умнички какие, о чём я и говорю сразу засиявшим улыбками доченькам. Никогда не смогу понять, как можно бить того, кого любишь всем сердцем! Никогда-никогда! Никакая наркота не способна победить материнское сердце. Пусть я ещё сама не самая взрослая, но они мои солнышки, и я их никому не отдам.

Буду драться до последней капли крови, но не отдам! Малышки мои подбегают ко мне пообнимать мамочку.

Господи, я и не знала, оказывается, что такое настоящая мама. И вот теперь, чувствуя это в своей душе, понимаю, что родителей у меня никогда не было. Да, я не рожала этих малышек, не кормила грудью, но разве это важно? Для них я — весь мир, и это очень хорошо чувствуется. И они для меня, конечно же. Жалко, Пашка, скорей всего, погиб, дав нам шанс. Он был бы отличным папой, я уверена в этом!

Ничего не изменить, поэтому и думать не надо. Вот сейчас я берусь за второй ком снега, красивый шар получился у малышек, и ставлю его на первый, а девочки мои визжат от восторга и прыгают вокруг.

— Теперь надо третий скатать, — говорю я, широко улыбаясь. — А потом мы пойдём в лес, попросим у Хозяина Леса сучьев, чтобы руки сделать нашему снеговику, и шишки для глазок. Будет у нас самый лучший снеговик во всём лесу!

— Ура! — радостно прыгают доченьки.

Я не сдерживаюсь и крепко-крепко обнимаю их обеих, встав в снег на колени, а они затихают у меня в объятьях, глядя на меня так, что ком в горле встаёт. Родные мои, самые любимые доченьки на свете. Самые-самые.

— Мамочка... — шепчет Лика, и от этого шёпота меня жаром обдаёт — сколько же чувств малышка вкладывает в одно-единственное слово!

— Доченьки мои, — целую я покрасневшие холодные носики. — Малышки.

Мы замираем, и кажется мне, что вся планета замирает вместе с нами, не решаясь нарушить наше единение. Хорошо, что мы живём в сказке, потому что даже злые колдуны в сказках долго не живут, а у нас очень сказочная сказка, в которой просто нет места злу. Здесь никто никого не может побить или просто так обидеть, потому что сказка же!

Здесь нет злой мачехи или голодного Серого Волка. Принцев и охотников тоже нет, но так и хорошо. Есть зато зимняя сказка, хрустящий под ногами снег, улыбки моих малышек, морозный воздух, слегка обжигающий щёки. А сейчас нас дома ждёт горячий чай и пирожки с ягодами. Потом мы принесём пирожков и Хозяину Леса, потому что ему же тоже хочется. Да, мы совсем ещё дети, и я тоже, отлично это понимаю, но мы живем в сказке, и нам здесь всё можно

Хозяин Леса нам столько помогал! И ягодами, и грибами, и яблочками с грушами, и, когда малышки простыли, мёдом помог целебным. Я даю доченькам по ложечке того мёда каждый день, ну и сама съедаю, поэтому, наверное, мы совсем не болеем. Ну одеваемся правильно, конечно, но малышки совсем не простужаются, отчего я чувствую себя особенно счастливой, всё-таки сильно за них тогда испугалась.

Необычайно быстро найдя сучья и шишки, ровно две, как нам и надо было, мы все вместе украшаем снеговика, затем Лира и Лика приносят морковку, которую я втыкаю на место носа. Это особенная морковка — она выросла на этой планете! Очень красиво смотрится снеговик, повёрнутый лицом к лесу, он будто улыбается в ночи. А мы, проведя весь день на улице в играх и работе, возвращаемся в дом, чтобы счистить с себя снег, попить чаю с ватрушками, часть которых я отнесла уже Хозяину Леса, и посмотреть плоскую сказку о том, как двое детей, мальчик и девочка, спасали Снегурочку.

Песни в фильме очень хорошие, ласковые, добрые. Даже злодеи какие-то очень добрые, поэтому улыбка не сходит с лиц прижавшихся к маме малышек. Скоро уже придёт время ёлки, подарков и Нового Года. Шутих и фейерверков у нас нет, но это и не надо, нам нужно совсем другое — чтобы нас никто не нашёл, чтобы малышек не принялись снова мучить, а им — чтобы мамочка была всегда рядом. Это очень важно для моих близняшек, а я просто не понимаю, как могла жить без них.

Лика и Лира совсем не капризничают, очень послушные и хорошие девочки. Я их расспрашивала, что случилось до того, как их решили наказать. Единственное, что вспомнила Лика — они случайно уронили и разбили мамину чашку, больше ничего не вспоминается малышкам. Но чашка — это же стекло! Это вещь! Как можно за это так? Как? Я никогда не пойму ту, что держала ребёнка, когда ему делали больно. Я бы этих «экзекуторов»! Наплевать, что было бы потом, но я бы их в космос повыбрасывала!

Маленькие мои всё понимают, помогают мне и радуются каждой похвале. Они мамину чашку случайно разбили, сами расстроились ужасно, а она, тварь такая! Ненавижу! Какие твари всё-таки эти взрослые, просто бессердечные твари, не хочу такой становиться! И не стану, потому что для меня навсегда самыми дорогими людьми на свете останутся эти два солнышка.

На нашу просьбу разрешить нарядить ёлочку ответа не последовало, а молчание — это знак согласия. Но сначала надо ёлочные игрушки сделать, ведь у нас их нет! Первой об этом вспоминает Лира, сразу же поинтересовавшись:

— А чем мы наряжать будем? — спрашивает она меня.

— А вот мы сейчас дома усядемся, — отвечаю я ей, — и будем своими руками ёлочные украшения делать, согласны?

— Да! — кричат малышки, радостно прыгая вокруг меня.

Мне кажется, что залитый счастьем маленьких ангелов лес и сам улыбается. Вот такое ощущение, потому что, несмотря на облака над головой, у меня ощущение зимней сказки, а близняшки мои улыбаются постоянно, очень светлые они у меня, просто солнышки. Мы возвращаемся домой, чтобы творить украшения для нашей ёлочки, первая же ёлочка!

— А какие будут украшения? — интересуется Лика.

— Ну вот смотри, — я задумываюсь. — У нас есть бумага, карандаши, правильно? Пластик тоже есть, и даже разноцветный. Ещё — сушёные грибы и ягоды.

— Надо нарисовать! — понимает Лира. — А ещё?

— А ещё, можно вот так сложить, — я показываю. — И тогда будет фонарик, видишь?

— Ой... — поражённо замирают девочки мои.

Они никогда не видели, как из бумаги или тонкого пластика складываются фигурки? С ними вообще никто ничем не занимался, что ли? Какая глупость! Но сейчас я учу моих маленьких, они схватывают буквально на лету, создавая сначала неудачные, но с каждым новым разом всё более красивые фонарики и фигурки. Это очень интересно, занимательно, близняшки мои радуются.

Потом мы берём все наши украшения и идём в лес. Ёлочка, которой раньше тут точно не было, обнаруживается буквально в двух шагах. Она с меня ростом, поэтому я поднимаю то Лиру, то Лику, чтобы они могли повесить украшение. Ёлочка, укрытая мягким пушистым снегом, всё больше выглядит именно праздничной. Наконец мы заканчиваем и смотрим.

— Чудо какое! — шепчет Лика, а Лира начинает петь.

Спустя мгновение, к её чистому детскому голосу присоединяется и сестрёнка, ну и я, конечно. Мы берёмся за руки и идём небольшим хороводом вокруг ёлочки, а наша песня о том, что ёлочке нужен красивый наряд, разносится по зимнему лесу, даря ласковое ощущение счастья. Именно это ощущение радости, зимней сказки сопровождает нас троих, когда мы идём домой. До Нового года остаётся совсем немного времени, а у нас ещё много дел.

— Мы будем делать подарок для Хозяина Леса, — объявляю я доченькам.

— Ура! — радуются они.

Доченьки мои рады тому, что мы живём в сказке, поэтому стараются соответствовать сказочным правилам. Они с воодушевлением садятся делать подарок, а я думаю о том, что подарю им самим. Нужно хорошенько подумать, но, наверное, это будут куклы. Я нашла уже в книге руководство, как делать кукол, поэтому получат у меня на Новый год доченьки по кукле, чтобы у них было с чем играть, потому что чего в спасботе не было, так это игрушек.

Определившись с идеей подарка, ласково улыбаюсь малышкам, уже усевшимся творить. Надо будет чуть попозже покормить их... И ещё о новогоднем столе подумать. И Хозяина Леса угостить, потому что так правильно. А что правильно, то и должно быть. И доченьки запоминают эту немудрёную истину.

Время летит как-то очень быстро, день сменяет день, вот уже и декабрь заканчивается. Подарки для малышек давно готовы, а мы всё чаще замираем в объятиях друг друга. Кажется, что сказка близится к концу, но так же не может быть? Или может? Думать об этом не хочется. Мы готовимся к Новому году, и два моих солнышка освещают своим счастьем всё вокруг.

Проходит ещё немного времени, скоро уже и Новый год. Мы идём к нашей ёлочке, оставляя под ней подарок для Хозяина Леса, ну я ещё, воровато оглядевшись, кладу два свёртка — для Лиры и для Лики, для моих близняшек, которые очень заслужили своё новогоднее чудо, своё волшебство, свою сказку. Как я могла жить без них раньше? Сейчас не могу вспомнить даже, какие у меня были интересы, всё затмили эти два маленьких чуда, два моих ангелочка. Наверное, я стала действительно мамой.

Поделившись блюдами новогоднего стола с Хозяином Леса, мы идём спать, потому что завтра у нас уже Новый год. Наш первый зимний праздник на этой планете, а у малышек, как вдруг оказывается, вообще первый. Их родители не делали из Нового года сказку! Но это же дети, им очень-очень нужна сказка! За что их так?

— С Новым годом, мамочка! — радостно приветствуют меня малышки.

— С Новым годом, мои лапочки, — глажу я обеих. — Ну что, побежим смотреть, что Дедушка Мороз малышкам принёс?

— Да-а-а-а! — восклицают мои солнышки. — А можно сразу?

— Только оденемся, — киваю я им, поглаживая по головам.

Есть у меня какое-то предчувствие странное, совершенно мне непонятное. Тем не менее, я влезаю в комбинезон, рядом также молниеносно одеваются доченьки, а затем мы устремляемся к нашей ёлочке. Морозный воздух обжигает щёки, солнышко, кажется, ласково улыбается с неба, и как-то радостно на душе.

Под ёлочкой обнаруживается несколько больше свертков, чем я ожидала увидеть. Три маленькие коробочки с именами малышек и... моим? Меня это удивляет, я открываю коробку и вижу в ней красивый медальон со сверкающим камешком.

— Мама, мамочка, смотри! — доченьки показывают мне такие же медальоны.

Значит, есть здесь Дед Мороз... Я от души благодарю Деда Мороза за волшебные подарки, а лапочки мои находят подарки от мамы. Только за ночь куклы преображаются, став почти настоящими. Лира и Лика прижимают подарки к груди. Они радуются, весело прыгают, а потом благодарят Дедушку Мороза, и вот тут...

— Здравствуйте, дети! — из-за ёлочки выходит самый настоящий Дед Мороз в красивой шубе и с посохом.

Он внимательно смотрит на нас, а испугавшиеся взрослого малышки снова начинают улыбаться, прыгая вокруг него и распевая песенку. А похожий на старика мужчина очень по-доброму улыбается, подойдя ко мне. Он некоторое время молчит, лишь затем начав говорить, и малышки замирают, сразу же подавшись ко мне.

— Всего вами испытанного не было, — говорит Дед Мороз. — Сюда попадают по-разному, но только вы сумели превратить планету-зеркало в волшебную сказку. Вам нужно возвращаться, однако и без подарков вас оставлять не следует, поэтому сделаем так...

Он переводит дух, а я пытаюсь понять, что означает «не было» и «возвращаться». Если обратно на корабль, я не хочу, но нас, по-видимому, не спрашивают. А Дед Мороз продолжает:

— Куклы останутся у вас, ведь их сделала ваша мама, наполнив своей любовью, — произносит старик. — И медальоны тоже. Никто не сможет их у вас отнять, а вы, если станет очень плохо и одновременно пожелаете убежать, снова вернётесь сюда.

— Вы хотите нас вернуть? — понимаю я.

— Это зависит не от меня, — грустно улыбается он. — Но там, куда вы вернётесь, таких испытаний не будет. Дадим один шанс людям, своё испытание вы прошли, теперь очередь ваших родных и близких.

Я понимаю — нас действительно не спрашивают. Сказка заканчивается, а впереди снова бой, поэтому я торопливо инструктирую дочек, что делать, если будет плохо, рассказываю, где находятся боты, где можно спрятаться и что там делать. Лика и Лира смотрят на меня большими глазами, полными паники, начиная плакать. В этот момент как-то очень резко выключается свет.

Глава одиннадцатая

— Ещё в древности, — слышу я голос того, кого не хотела бы слышать никогда, — было замечено, что одним из лучших стимулов является боль. С развитием культуры человечество предпочитало искать другие стимулы...

Дальше я не слушаю. Уже поняв, что всё начинается сначала, я оглядываюсь на класс. В глаза бросается как-то грустно улыбающаяся Катя, живая Катька, выглядящая чуточку иначе, чем я помню, а затем я вижу Пашу. Мой взгляд встречается со взглядом моего спасителя, которому я улыбаюсь. Живой. И тут будто молния пронзает меня — малышки! Доченьки же испугаются этих тварей!

Я подскакиваю на месте и вылетаю, никого не слушая, из класса. Бегу со всех ног в сторону лестниц вниз, на малышовый этаж. Почти скатываюсь по лестнице, уже слыша отчаянный рёв Лиры:

— Мамочка, спаси! — кричит моя доченька, голос которой я узнаю из тысячи.

И будто картина из памяти — на полу сидит Лика, громко плача, кричит Лира, а из темноты, кажется, зловеще надвигаются эти подлые твари, на мгновение замершие от дикого крика ребёнка. Неужели они посмели опять тронуть моих малышек? Да я их уничтожу! Зубами рвать буду!

Подбежав к дочкам, привычно подхватываю на руки сразу же вцепившуюся в меня Лику, Лира бросается ко мне с криком «Мамочка!», я прижимаю её к себе рукой, отходя к стене. Взрослые останавливаются, Лика обнимает меня так, что едва не придушивает, а Лира вцепляется в платье изо всех сил.

— Не подходите! — предупреждаю я взрослых, оскалившись.

— Что происходит? — удивляется какой-то зверь.

— Не подходите! Нелюди! Твари! Не отдам доченек! — взрываюсь я.

— Мама, мамочка! Тебя не убили, мамочка! — ревут доченьки, которых я пока не могу успокоить — рядом враги.

Владарг Дельсат

— Не подходите! — слышу я чей-то голос, и передо мной... передо мной вдруг оказывается Пашка!

Он снова пришёл спасти нас! Паша... Он стоит, сжав кулаки, дочки плачут, они боятся, что со мной что-то случится, я присаживаюсь на колено, принявшись целовать их лица. Маленькие мои, хорошие...

— Живые, малышки, доченьки мои, — я прижимаю к себе детей.

— Тебя не убьют, мамочка? — плачет Лира, но отвечает ей Паша.

— Не плачьте, — просит он, закрывая нас собой. — Никто не тронет вашу маму, пока я жив.

— Парень, что происходит? — спрашивает кто-то.

— Я не знаю, — качает Паша головой. — Но малышки считают, что вы можете сделать плохо их маме, и пока я жив, вы не пройдёте!

— Маме? — ошарашенно спрашивает кто-то. — Но...

— Всем взрослым немедленно покинуть коридор дэ-семь! — включается корабельная трансляция. — К детям не подходить!

— Флуктуация Катова... — произносит кто-то, и, как будто это сигнал, взрослые начинают пятиться. Они стремятся отойти от нас подальше, а мы с девочками обнимаемся и плачем.

— Маша, я не буду спрашивать, что случилось, — говорит парень, следя за взрослыми. — Ты можешь на меня положиться, за тебя я хоть в реактор.

— Я знаю, Пашенька, — от такого обращения он замирает. — Я расскажу тебе попозже, только доченек успокою.

— Мамочка, у ме-меня оп-пять... — произносит сквозь слёзы Лика.

— Напугали мою маленькую, — прижимаю её к себе, целуя залитые слезами глазки. — Ничего, мы починим ножки, да?

— П-починим... — соглашается девочка.

— Т-ты жи-живая, мамочка... — говорит прижавшаяся ко мне Лира.

— Доченьки, помните? Мы поём, — пропеваю я, на что обе кивают.

Родные мои, да кто посмел вас опять так напугать? У кого опять руки чешутся? За что вам это, мои хорошие? Я обнимаю обеих, глажу, успокаиваю. Тем временем взрослые уходят из коридора, в котором слева и справа опускаются противопожарные заслонки, отсекая нас от лестницы к ботам. Не сбежишь. Значит, будем драться или уйдём, только вот Паша... Парень же, убедившись, что пока всё безопасно, поворачивается к нам, а я приваливаюсь спиной к стене, чтобы передохнуть.

— Маша, тебе помочь? — интересуется Пашка.

— Тут не поможешь, мой хороший, — ласково отвечаю ему я. — Доченькам нужен постоянный контакт с мамой, а у Лики ножки опять от страха отказали, да, маленькая?

— Д-да, мамочка, — чуть заикнувшись, пропевает моя малышка. — А они не отнимут тебя у нас?

— Не отнимут, — уверенно произносит Паша. — Никто никого не отнимет.

— Мамочка, а это папочка? — интересуется у меня Лира, заставляя парня ошарашенно замереть.

— Ну это как он сам решит, — улыбаюсь я ей. — Это тот самый мальчик, который тогда тревогу устроил.

— Спаситель наш, да? — переспрашивает она меня, после чего внимательно смотрит в глаза Паше.

— А ты как? — интересуюсь я у Пашки.

— Ну ты так посмотрела... — он смущается, кажется. — А потом у тебя в глазах паника промелькнула, вот я и побежал. Разве ж можно иначе?

— Я расскажу, — решаюсь я, но малышки

опять начинают плакать, поэтому мне приходится всё внимание отдать им.

— Потом расскажешь, когда-нибудь, — вздыхает парень.

Паша наверняка понимает, что не всё тут так просто, но не настаивает. Я смотрю на него и вижу отвагу. Ведь он тогда пожертвовал собой ради меня, ради нас. Стоило ли оно того? Точно стоило, потому что иначе таких светлых девочек убили бы. Не дрогнула бы у них рука, у гадских этих гадов... Я обнимаю своих дочек, когда снова включается трансляция.

— Дети... — мягкий женский голос обволакивает, но я не поддаюсь. — Вам не сделают ничего плохого...

— Только выбросят за борт! — выкрикиваю я. — Твари вы все! Твари! Ненавижу!

Паша робко обнимает меня, и от этого нежданного тепла слёзы текут по щекам. Доченьки прижимаются ко мне, постепенно успокаиваясь. Я глажу их, понимая, что выхода нет. Но я всё равно никому не позволю! Ни одна грязная лапа не коснётся моих солнышек, пока я дышу!

— Не плачь, мамочка, — просит меня Лира, стирая руками слёзы с моих щёк. — Мы все живы, а он нас спасёт и будет папой. Мы будем жить в нашем домике, где нет людей, а есть только сказка...

В огороженном закрытом коридоре тихо, просто полная тишина, в которой отдаётся голос доченьки, пропевающей слова. Этот голос отражается от стен, и я знаю, что звери, столпившиеся у трансляции, слышат его. Они слышат, о чём мечтает совсем маленькая девочка, едва не замученная ими. Чтобы не было людей! И я хочу того же — чтобы их всех не было!

Чтобы резвились в снегу мои солнышки, чтобы ветерок обдувал нас, и Хозяин Леса принимал наши подарки. Чтобы вокруг была сказка, а не злые, подлые взрослые...

В трансляции что-то щёлкает, после чего раздается ровный, спокойный голос. Судя по услышанному, он читает лекцию о какой-то флуктуации, связанной с гиперпространством. Паша слушает, а я успокаиваю малышек, улыбаясь, ведь медальоны, полученные от Деда Мороза, висят на их шеях. Теперь мы, если что, можем убежать ото всех людей.

— Флуктуация Катова была открыта в две

тысячи... — вещает голос, к которому я прислушиваюсь только время от времени.

Мне это неинтересно, потому что о том, что всего ещё не было, я знаю и так. Во-первых, Дед Мороз сказал, во-вторых, я и сама вижу, вот только то, что этого не было, ещё ничего не значит. Лира совершенно успокаивается, начиная пропевать свой рассказ, Лика просто затихает и только едва заметно дрожит. Напугали маленьких.

Оказывается, они пришли в себя, когда учительница пыталась обеих наругать за что-то, непонятно за что. Но услышав угрозу в голосе, лапочки мои перепугались, да ещё и маму рядом не обнаружили... В общем, напуганные дочки побежали к маме, по дороге у Лики подломились ножки, она упала, отчего Лира впала в панику, подумав, что всё начинается заново.

— А почему маленькая поёт? — тихо спрашивает меня Паша.

— Сильно испугалась малышка моя, — объясняю я ему, прижав к себе голову Лиры. — Заикается теперь, поэтому мы поём, чтобы спокойно говорить.

— Мамочка самая лучшая! — заявляет Лира. — Она нас спасла, заботилась и лечила, когда мы заболели. Она...

— Малышка моя, — улыбаюсь я. — И ты моя

малышка, — целую я Лику. — Опять малышек моих напугали твари проклятые.

Я вздыхаю и начинаю рассказывать. О том, как вначале начинались разговоры о битье, как выкинули Катю, как предки начали унижать и хватать... лапать. И как перешли потом к кондуитам, ну и... понятно, чему. И тут меня, уже плачущую, останавливает Лира. Она и сама всхлипывает, но рассказывает об улыбающейся... понятно, ком, о том, что тогда случилось и как вдруг у них появилась я. Паша смотрит такими глазами... Трудно даже описать, какими. Он верит нам, я вижу, что верит.

— Они лапочки, Пашенька, просто солнышки мои маленькие, — говорю я ему. — Как у какой-то твари могла подняться рука? Ну как?

— Эх, Машка... — вздыхает парень, а затем улыбается Лире. — Я буду вашим папой, малышка, если ваша мама разрешит.

— Ты нас спас тогда, Паша, — с улыбкой объясняю я ему. — Ты замкнул сенсоры, была тревога, позволившая нам сбежать, иначе малышек бы выкинули эти звери.

— Что значит «выкинули»? — ошарашенно спрашивает Паша.

— «Колония не может кормить калек», — цитирую я.

Его глаза становятся очень большими, парень

подается вперёд и обнимает нас всех, именно этот жест красноречивее всех слов. Я киваю, потому что руки у меня заняты малышками. Чтобы скоротать время, я начинаю рассказывать было сказку, но тут оживает трансляция.

— Вы попали во флуктуацию, — произносит спокойный мужской голос. — Всего того, что вы пережили, не было. Мы не хотим вам зла, пожалуйста, поверьте.

— «Не было» не значит «не может быть», — отвечаю я этому голосу. — Вы хотите причинить вред малышкам.

— Вы нам не поверите, — констатирует голос. — Хорошо, что может вас убедить в нашей искренности?

— Откройте путь к ботам! — замирая от своей наглости, требую я.

— Хорошо, — коротко отзывается неизвестный, после чего одна стенка начинает открываться.

Они что? Они готовы нас пустить к ботам? Мы сможем спастись?

— Паша, бери Лиру, бежим к семейным ботам, — быстро говорю я, с трудом поднимаясь на ноги. — Лучше к первому.

— Хорошо, — кивает он, бережно беря Лиру на руки.

Я разбегаюсь в сторону открывающейся

стены, мне нужно повернуть за поворот, а там уже и боты. Я вижу, что в коридоре есть люди, но только надеюсь, что они не попытаются напасть, но Пашу останавливаю, показав на людей.

— Лира побежит сама, твои руки понадобятся, если нападут, — объясняю ему я.

— Думаешь, могут напасть? — интересуется Пашка, с интересом взглянув на людей, виднеющихся в коридоре.

— Эти твари всё могут, — отвечаю я ему с отвращением.

Парень, приняв мою точку зрения, кивает, отпуская сразу прильнувшую ко мне Лиру. Мы небыстро смещаемся вдоль коридора, чтобы нырнуть в нужный поворот. Я только надеюсь, что нам дадут добраться до бота, тогда мы сможем и сбежать, если что. Главное, чтобы не подумали остановить по дороге. А в боте я уже знаю, что и как делать. Я даже знаю, как люк извне открыть, ничего сложного в этом нет.

— Лира, Лика! А ну идите сюда! — слышу я требовательный женский голос.

Лира видит выкрикнувшую это и сразу же начинает отчаянно визжать. Не удержались, значит, сволочи. Что же, значит, мы примем бой.

— Бегите! — командует Пашка. — Я задержу их!

— Нет, Паша, — качаю я головой. — Только вместе.

Какая-то тётка делает несколько шагов к нам, размахивая руками. Лира начинает плакать, и я понимаю: это их бывшая мать, предательница. Я понимаю, что сейчас вцеплюсь этой твари в космы и загрызу гадюку, но тут какой-то мужчина достаточно грубо хватает женщину, утягивая в коридор. Я пользуюсь паузой, прижимаю Лиру к себе и быстро бегу к боту. За мной поспевает Пашка.

Как-то очень быстро мы достигаем знакомого судна, куда и заскакиваем. Я опускаю Лику на кресло и с силой рву на себя проволочную ручку чеки. Затем я берусь за штурвал на люке, резко захлопывая его, и начинаю быстро-быстро его крутить. Паша явно понимает, что я хочу, начав мне помогать. Лапочки мои сидят на кресле тихо-тихо, только слёзки текут из глаз. Малышки мои... Наконец раздаётся громкий щелчок. Я оставляю люк в покое, метнувшись к детям. Надо доченек успокоить, Лику в туалет сносить и разобраться, что у нас с ножками, но пока я обнимаю обеих, давая возможность проплакаться.

— А не достанут нас тут? — спрашивает меня Пашка, явно не зная, куда себя приткнуть.

— Мы люк блокировали изнутри, — объясняю

я ему. — Просто не смогут, а угрожать нам бессмысленно.

— Ну и хорошо, — кивает он с облегчением. — Чем я могу помочь?

— Я сейчас Лику сношу в туалет, — начинаю я рассказ о планах. — Потом займусь обедом, посмотрим ножки Лики, ну и дальше… Дальше нас будут шантажировать, угрожать, может попытаются что-то сделать, эти твари иначе просто не умеют.

— Тогда я посижу с Лирой, а потом с обеими, если никак иначе не смогу тебе помочь, — улыбается Пашка. — Вторую Ликой зовут, да?

— Да, Пашенька, — киваю я, привычно беря Лику на руки. — А мы пойдём в туалет сейчас, потому что нам уже нужно.

Ну вот и опять мы в боте, вокруг враги, и что будет, мне неведомо. Ничего, мы справимся, теперь у меня ещё и Паша есть, настоящий, живой…

А в это время...

Седой капитан смотрел в экран, глядя на то, как стоит девочка, защищающая двоих малышей, как привычно она подскочила к малышкам, беря довольно тяжёлого для неё ребёнка на руки и с каким доверием они прижались к этой девочке. Он смотрел в экран, понимая, произошедшее объяснить будет очень непросто, причем объяснять придется отнюдь не этим двоим подросткам, готовым драться. Но сначала нужно хотя бы разрядить ситуацию.

— Всем взрослым немедленно покинуть коридор дэ-семь! — нажав кнопку общей трансляции, проговорил мужчина. — К детям не подходить!

— Ты тоже это видишь, — в каюте вдруг обнаружился мужчина постарше. — Она стоит, как

Флуктуация Катова

мать, защищающая своих детей. И малышки её мамой зовут...

— Мы в гипере, так что объяснение только одно, — вздохнул капитан судна. — Вань, что делать?

— Флуктуация Катова... — произнёс его названный Иваном коллега. — Дети живы, но вцепились в девочку намертво. А вот парень не понимает, в чём дело, но девочку готов закрыть собой.

— Собери сюда учителей, родителей, — попросил капитан. — И психологов ко мне с врачами наперевес. Нужно думать, как сделать так, чтобы дети нам хоть чуть-чуть доверились.

— Сейчас соберём, — кивнул Иван, выходя из каюты широким шагом.

— Капитан — рубке, — нажав широкий сенсор, произнёс седой мужчина. — Экстренный выход из гипера, у нас дети только что из флуктуации Катова.

В ответ послышался приглушённый мат, а через динамик капитан слушал, о чём говорят дети. Что-то ему напоминала такая ситуация, но вот что именно, он вспомнить пока не мог. Слышать то, о чём рассказывала эта четырнадцатилетняя девочка, было просто страшно — волосы дыбом поднимались. Дело было даже не в фактическом предательстве взрослых, а в том, как она относилась к малышкам — с запредельной лаской.

В кабинет начали входить люди, о чём-то переговариваясь, жестикулируя, они внимательно смотрели на капитана, но тот сохранял молчание. Ему нужно было собраться с мыслями, чтобы понять, о чём говорить с этими людьми. А через динамик было слышно, как юная девочка успокаивает, как объясняет, как утешает. И было в этом столько какой-то детской сказки. Эта девочка была именно мамой для двух малышек.

— Давайте начнём сначала, — произнёс капитан. — Школа девочек-близнецов и школа старших ребят, что случилось? Прошу вас.

— Лира и Лика на уроке отвлекались, я их отругала, — сообщила учительница младших классов, затем задумалась. — Вот в момент, когда я пригрозила вызвать родителей, они переменились в лице, одновременно завизжали и принялись убегать. И была у них в глазах такая паника, знаете ли...

— Опять они театр устроили! — высказалась другая женщина. — Нашли о чём говорить, да я их! — она резко встала и вышла из кабинета.

— Это мать? — поинтересовался капитан. — Как я понимаю, уже бывшая, в этой самой флуктуации малышей предавшая...

— Да, они не поверят ей, — кивнул глава

психологической службы. — Только кажется мне, что-то тут не так, надо её посмотреть более внимательно.

— Посмотрим, — коротко ответил Иван, оказавшийся главой службы безопасности корабля. — Что со школой подростков?

— Совершенно непонятно, — вздохнул вставший на ноги учитель. — Маша в какой-то момент встрепенулась, посмотрела на меня... пожалуй, с брезгливостью, а потому буквально вылетела из класса.

— Малышек спасать побежала, — вздохнул Иван. — Включите ей запись о флуктуации, лишним не будет.

Отец девочки Маши выглядел растерянным. Он слышал полные ненависти слова дочери, понимая, чтобы так ненавидеть, надо многое испытать. А чтобы испытать... В общем, мужчине было очень не по себе. И тут до историка начало медленно доходить, что ему это всё напоминает. Были в истории такие случаи, но если предположить, что рассказ девочек правда, то многое становилось понятнее.

— В истории известны подобные случаи, — вздохнул отец Маши. — Когда старшие девочки становились мамами для младших. Было это века назад, во время страшной войны, когда враг уничтожал даже детей. Так и здесь, у малышек есть только моя дочь и больше никого, потому что все остальные — враги.

— В таком случае она не доверится никому, у неё дети, — покачал головой глава психологической службы. — Кстати, вот тут она говорит о том, что девочку забили и «выкинули», это как?

— Кстати, что это за девочка? Ваня, проверь, пожалуйста, — попросил капитан.

— Сделаем, — кивнул Иван, что-то записывая в блокнот. — Хоть всех проверяй, бред какой-то... Как можно отменить конвенцию?

— Теоретически можно, — прокомментировал капитан, уже понявший, что именно так вполне могло быть. — Причём именно так и можно. Девочка права, то, что этого не было, не значит, что этого не может быть.

— Хорошо, а что делать? — поинтересовался глава психологов корабля.

— Это вообще-то к вам вопрос, — хмыкнул начальник службы безопасности. — Вот и предложите нам.

Кабинет погрузился в напряжённое молчание. Капитан пытался понять, что ему делать сейчас, но мыслей не было просто никаких. В голову не приходило ничего, потому что именно с такой ситуацией он ещё не встречался, а знаний ему не хватало. В идеале было бы поместить детей отдельно, но каюта... В общем, не вариант был каюта.

— То есть в альтернативной реальности мы начали бить детей? — задумчиво проговорил отец Маши. — При этом Маша фиксирована на детях...

— Вы хотите сказать, что она готова на всё ради детей, — кивнул Иван. — Где эта дура?

Послав человека найти мать девочек, Иван попытался о чём-то договориться с ребёнком через трансляцию. Ему было в общем понятно, что в условиях, когда вокруг одни враги, ничего хорошего с детьми не будет. Но вот вариантов он не видел. Впрочем, вариант предложила сама девочка — семейный спасательный бот. Это был, пожалуй, идеальный вариант — дом внутри корабля, где дети почувствуют себя в безопасности.

— Выход из гипера завершён, — сообщила рубка. — Скорость полимпульса, на местности определяемся, навскидку определить местоположение не представляется возможным.

Это значило, что пространство, где оказался корабль, было не картографировано. Само по себе это странным не было, но наводило на определённые размышления.

— А она знает бот, — хмыкнул капитан, когда Маша грамотно заблокировала люк изнутри, озвучив суть проблемы. — Я бы сказал, очень хорошо знает.

— Что соответствует её истории, — вздохнул в ответ Иван. — Мать девочек допросят, но и у Маши с родителями что-то странное. Вот вы, — он внимательно посмотрел на отца ребёнка. — Чем вы думали, позволяя жене унижать девочку?

— Даже так? — поразился глава психологов. — Тогда у меня вариантов нет.

— Ни у кого нет, — мрачно откликнулся Иван, которому на планшет упал результат допроса. — Близняшки — приёмные дети, причём что-то в истории удочерения не нравится следователю.

— Тогда всё просто, — хмыкнул капитан. — Мы отменяем удочерение властью капитана и передаем опеку.

— Но она несовершеннолетняя! — воскликнул отец Маши. — Вы не можете!

— Мы возьмём и опеку, и детей, — тяжело вздохнув, проговорил доселе не замеченный мужчина, утерев слезу. — Раз наш сын готов на что угодно ради них, то и нам в стороне стоять не пристало.

— Вы — родители Павла Ефремова? — поинтересовался Иван и, увидев кивок, улыбнулся. — Очень хорошо. Тогда дети поживут пока в боте, а мы займёмся своими отщепенцами и дураками.

— Подумать только, если бы не флуктуация... — психолог тяжело вздохнул.

Теперь предстояло оформить документы правильно. Мать девочек взяла их ради детских денег, но на допросе призналась, что если бы ей разрешили их бить, то она бы не раздумывала ни минуты. Из глаз существа с обликом любящей мамы на следователя вдруг выглянула скрытая садистка, которой нравились слёзы детей, когда-то очень сильно любивших её детей, да только оказалось, что любить было некого. Кроме того, во всей истории удочерения было что-то не понравившееся опытному следователю, поэтому даме предстояло посидеть взаперти.

С родителями Маши дело обстояло ещё интереснее. Её отец, вроде бы, любил девочку, но вот мать... Ситуация сейчас была критической, поэтому право опеки было передано Ефремовым, принявшим выбор сына.

— Рубка капитану, обнаружена звёздная система типа три, одна планета земного типа, — сообщил вахтенный. — Прикажете обследовать?

— Обследовать орбиту, — спокойно попросил

капитан. — В случае обнаружения чего-то необычного...

Можно было не продолжать, тут и так всё было понятно. Почему он отдал именно такой приказ, капитан не знал и сам, но сейчас он думал о рассказе девочек, ведь боты прослушивались. Маша, похоже, знала это, поэтому и не скрывалась. Другое дело, что, формально ограничив права «родителей» этих троих, капитан совершенно не понимал, что делать дальше. С одной стороны, всё было понятно и так, но вот с другой...

В задумчивости перебирая листы пластика, капитан корабля колонистов думал о том, что делать дальше. Детям нужна была школа, общение, простор, врачи, наконец. Вот только поверить взрослым они были совсем не готовы. Решив известить Машу об изменениях на корабле, капитан обратился с этим к Ивану, услышав ответ, рассмеялся. Безопасник, похоже, предусмотрел всё. Против такой формы информации капитан не возражал совершенно. Девочкам нужно было показать открытость, ну и отсутствие мести за то, что они защищались... Пожалуй, этот вариант был лучшим.

— Рубка — мостику, — меланхоличный голос уже ничему не удивляющегося вахтенного был несколько взволнован. — На орбите планеты обнаружен спасбот с идентификацией... Точно такой же наш на борту, но вот же он!

Капитан понял — вот оно. Нужно было обследовать теперь бот, но ни в коем случае не посещать планету, потому что жить ему ещё хотелось, а флуктуационные* миры — сказка та ещё.

---

* Планеты, как-либо связанные с флуктуаций Катова

Глава двенадцатая

Включение трансляции я не ожидаю совершенно, занимаясь Ликой. Она в платье, как и Лира, но платья мы снимаем, потому что они мешают туалету, умыванию, ну и массажу, конечно. Малышки мои совсем Пашу не стесняются, а платья у них на редкость неудобные. Они-то, может, и красивые, но маркие и некомфортные, отчего доченькам приходится внимательно следить, чтобы не испачкаться. Избавившись от платьев, они обе чувствуют себя комфортнее, но тоже не очень почему-то. Сначала я думаю, что это стеснение, но отнеся Лику в туалет, замечаю, что трусики у нее не по размеру.

— Неудобно, — кивает она мне. — Давит.

Мать у них совсем без мозгов, похоже. Но

теперь они мои доченьки, а это мы уже проходили, поэтому я, позвав в ванную и Лиру, просто переодеваю обеих. У меня создаётся такое ощущение странное... Впрочем, мне уже всё равно, потому что бывшая их мать уже свою сволочную натуру показала и так.

— Подержи Лику, — прошу я Пашу, потому что нужно достать одежду поудобнее для моих малышек.

Парень, как будто всю жизнь это делал, осторожно берёт доченьку, на мгновение задумавшуюся, а потом кивнувшую и прильнувшую к нему. Я понимаю, что это значит, улыбнувшись обоим. Пашу приняли в папы, вот и хорошо. Теперь нас четверо, получается. Проходя мимо рубки, заскакиваю, чтобы открыть заслонки иллюминатора и шокированно застываю — мы в обычном пространстве. Вот именно в этот момент и оживает трансляция.

Я внимательно слушаю, понимая, что трансляцию сделали для нас, но, кроме того, кто транслирует, никто об этом не извещён. Интересно. Получается, что мы чем-то важны? А чем мы можем быть важны, что ради нас начинаются такие шевеления? Это непонятно, даже очень. Но трансляция трансляцией, а семью надо кормить. Сначала всех покормлю, а потом поговорю с Пашей. Получается, я его почти заставила, а может быть, он не хочет? Может же такое быть? Или нет?

— Мама! Мамочка! А мы? — сразу интересуются мои помощницы.

— И вы, конечно, — улыбаюсь я, подходя к кровати. — Ну, пойдём?

— Да-а-а! — Лика смотрит на меня, потом на Пашу и протягивает ему руки.

— Вот и папа у нас есть, — я понимаю, что разговор запоздал, но он всё равно нужен. — Стоп, это что?

— Это значит, что твои больше не имеют власти над тобой, — отвечает мне Паша, тоже услышавший, что сказали его родители. — А мои никогда не будут тебя заставлять что-то делать.

— Вот как... — я пытаюсь оценить информацию и не могу. — Потом подумаю, неси пока помощницу на кухню.

Я иду вперёд с Лирой, за мной Паша со вцепившейся в него Ликой, а я раздумываю о том, как начать разговор. Привычно открыв шкаф, закидываю в комбайн овощи, ставлю кастрюлю, хочу уже устроить и Лику, но Паша неожиданно садится на стул так, чтобы девочке было удобно.

— Ты бы знала, как я мечтал о таком, — сообщает мне парень. — Смотрел на тебя и мечтал о том, что однажды, возможно, мы будем вместе...

— Ну во-о-от! — тяну я, улыбаясь. — А я думаю, как с тобой разговор начать!

— Не надо начинать, — мягко отвечает мне Паша. — Я люблю тебя.

— Я тебя, наверное, тоже, — немного неуверенно отвечаю я. — Только мы ещё маленькие, наверное, для любви.

— Для мамства не маленькие, а для любви вдруг да? — смеётся он. — Ладно, подумаешь и решишь.

— Мама тебя любит, — сообщает ему Лира. — Только боится, что это ей кажется.

— Не кажется, маленькая, — ласково отвечает ей парень. — Я ради вашей мамы...

— Ты уже мне всё доказал, Пашенька, — вздыхаю я.

Я готовлю обед и ощущаю себя странно, как будто раньше я была неполной, а вот теперь полностью счастлива. Хотя нам четырнадцать всего, мы дети, с какой стороны ни посмотри, но... Наверное, уже не дети. С другой стороны, руководство корабля мне уже тоже, пожалуй, всё доказало. Если бы это было возможно, я бы, наверное, вышла бы к ним, но просто не могу. Ведь за мной мои малышки, и так просто я никому не доверюсь. Мало ли, что они говорят...

— А теперь мы покушаем, — сообщаю я своей семье.

— Ура! Мамин суп! — радуются малышки, а Паша улыбается как-то немного грустно.

Да, Пашенька, доченьки знают вкус маминого супа, теперь ты полностью поверил, правда? Я смотрю на его выражение лица, а руки в это время привычно наливают суп, раздают ложки, привычно же всё это. Трансляцию я уже не слушаю, поняв главное — странную мать малышек будут держать от них подальше.

Мы обедаем, а я думаю, что делать дальше. Здесь есть экран со сказками, поучиться ещё можно, но это только протянуть время. Что мы на боте, что администрация корабля в тупике, потому что школа нужна, общение, библиотека, игры для малышек. Поэтому или придется выходить к людям рано или поздно, или надо улетать куда-нибудь, где людей не будет. Вопрос только в том — давать шанс или нет? Не проще ли будет просто уйти и всё?

— Паша, а твои родители, они какие? — тихо спрашиваю я парня. Учитывая малышек, уже как бы не мужа.

— Они... Мама, она как ты, — улыбается мне Паша. — Заботливая, ласковая, добрая. Ты, если будешь готова, можно их сюда пригласить...

Это он прав, можно на бот пригласить же, тогда я не выйду из бота, и доченьки будут в безопасности. А против непрошеных визитёров у нас есть парализатор, и у меня рука точно не дрогнет. Приняв это решение, я, зная, что боты прослушиваются, высказываюсь в том смысле, что инициатива пусть не от нас исходит, на что Паша кивает. Я вижу, он уверен в своих родителях, и мне немножко, совсем капельку завидно. Я о своих бывших родителях всё знаю. И хотя во время трансляции я слышала бывшего отца, но поверить ему после того удара и его лап просто не смогу. Он враг, и близко ко мне ему лучше не подходить.

Я надеюсь на то, что Пашины родители услышали и попытаются сами выйти на связь, если, конечно, они захотят, в чём я, на самом деле, сомневаюсь. Но если его мама, как я... А как бы я поступила в таком случае?

— Мамочка, мы поели, — поёт мне Лира, потерев кулачком глаза.

Это она показывает, что устала. Хоть и немного времени прошло, но они обе у меня устали, потому что пугались, плакали, теперь вот ещё покушали. Я глажу моих солнышек, и они улыбаются мне, потому что лапочки мои.

— Тогда мы с малышками сейчас пойдём баиньки, — улыбаюсь я доченькам. — Если доченьки смогут, то сами поспят, а мама и папа их гладить будут, да?

— Да, мамочка! — сразу же соглашаются мои хорошие.

Вот и молодцы они у меня. А пока доченьки будут спать, я им одежду подберу по размеру, а не издевательство какое-то.

※

Паша открывает дверь, а я держу в руке парализатор. Доченьки лежат в кресле, смотрят сказку, пока мы с Пашей встречаем его родителей. Разумеется, я согласилась на встречу. Только надеюсь, что больше никто не попробует ворваться, но парализатор взяла из оружейного ящика, благо, знаю, где он находится.

Штурвальчик крутится, я вытираю вспотевшую руку о платье. То самое платье, которое... Но пока у меня другого нет, а переодеваться я пока не рискую — малышкам мама нужна постоянно. Родители Паши вышли на связь, как только маленькие мои уснули, и мы договорились на вечер. Вот теперь они по идее ждут, пока мы откроем дверь, а я изо всех сил надеюсь, что хоть на этот раз нас не обманут.

Дверь медленно раскрывается, я вижу кроме двоих взрослых чуть поодаль целый ряд ещё таких же и вскидываю парализатор, готовясь открыть огонь, но женщина медленно поднимает руку ладонью ко мне.

— Это безопасники, — объясняет она. — Они следят, чтобы никто не попытался ворваться, понимаешь?

— Спасибо, — уже тише говорю я, опуская оружие. — Заходите, пожалуйста.

— Благодарю, — улыбается мне мама Паши. — Витя, помоги сыну дверь закрыть, — просит она.

Пашин папа захлопывает люк, а затем нажимает какую-то кнопку, и маховик закручивается сам. Значит, и мы могли так? Но в руководстве ничего об этом не было!

— Это маленькие пилотские тайны, — объясняет он мне. — Ты хорошо изучила бот, но по руководству, да?

— Да, — киваю я, понимая, что почему-то хочу довериться этим людям.

— Мамочка! — зовёт меня Лира, я спешу к ней, увидев, что и Пашина мама дёргается, но заставляет себя остаться на месте. — А кто это?

Вот и проверим, насколько они адекватные, эти взрослые. Я понимаю, что сейчас спровоцирую их, но иначе просто не могу, мне нужно точно знать — могу я им доверять или нет. Я оборачиваюсь, чтобы не пропустить выражения лиц, и объясняю доченьке:

Владарг Дельсат

— Это бабушка и дедушка, — присев рядом с креслом малышек, жду реакции.

— Здравствуйте, маленькие, — улыбается Пашина мама, приблизившись. — Примете бабушку?

— Ба-бабушка... — заикается Лира, позабыв пропеть слово, но потом исправляется: — А что это такое?

— Это папина мама, — объясняет женщина доченьке.

Они никак не отреагировали! Точнее, отреагировали, но не так, как я ожидаю! Пашины мама и папа просто улыбаются в ответ на моё заявление. И мне, и малышкам. При этом они не кажутся фальшивыми, но... Разве так бывает?

— Все люди разные, — присев рядом с малышками в другое кресло, начинает мне объяснять... как называется мама мужа правильно? — Флуктуация просто вытаскивает наружу подавленные эмоции и желания, понимаешь?

— Значит, ма... та женщина хотела слёз Лиры и Лики? — тихо спрашиваю я. — Вот почему у них платья неудобные и трусики на размер меньше?

— Как только ходили, — вздыхает Пашина мама, потянувшись погладить.

— Ты почти как мама гладишь, — сообщает ей Лира. — Значит, ты хорошая.

Новая бабушка объясняет «внучкам», что совсем, как мама, никто, кроме мамы, не может, а я думаю о прошлом. Значит, маман моя хочет моего унижения и крика, ну да это не новость, а вот тот факт, что внутри себя бывший родитель хочет меня... хм... вот это, пожалуй, удар. Несильный, но... Но удар, конечно, потому что я-то надеялась. Даже точно зная, что никогда не смогу ему доверять, я надеялась на то, что хотя бы он человек, а оказывается...

Ну что ж, у меня есть мои малышки... Ещё Паша, наверное, есть... И всё. Хочу забрать маленьких и сбежать, чтобы совсем никого не было. Только мы, как в сказке было. Но Лира молча тянется ко мне, а за ней и Лика. Они так смотрят на меня, что я прогоняю грусть, беря малышек на руки.

— Мамочке грустно, — объясняет Пашиной маме Лира. — Мамочка устала.

— Мамочка устала, — подтверждает Лика. — Она обратно в сказку хочет... И мы хотим, потому что тут страшно. Все страшные очень, только мамочка самая лучшая на свете! А папочку мы только сегодня узнали...

— Устала ваша мама, — ласково соглашается с ними эта женщина и вдруг... обнимает меня.

Как-то очень мягко, ласково, она обнимает меня, и мне хочется, очень хочется расслабиться, расплакаться, но нельзя. Нельзя! Доченькам будет плохо, если мама плакать будет. Поэтому я держусь, а «бабушка» только вздыхает. У меня такое ощущение возникает, как будто она всё-всё понимает. Разве кто-то может это понять?

Пашина мама начинает расспрашивать Лику и Лиру о сказке, где мы жили. При этом она также пропевает слова, как и они, отчего доченьки начинают улыбаться. И они рассказывают о Хозяине Леса, о Дед Морозе, нашей ёлочке, озере неподалеку, о том, как Лика начинала ходить и как они простыли. Мои лапочки прижимаются ко мне и рассказывают наперебой, а я плачу. Столько в их словах любви... Маленькие мои.

— Это планета-зеркало, — комментирую я. — Так Дед Мороз сказал.

— Ты просто чудо, доченька, — произносит эта женщина, а я просто забываю, как дышать. Она меня так ласково назвала, и я не знаю, как мне реагировать.

— Планета-зеркало, — негромко объясняет папа Паши своему сыну, — это легенда на самом деле. Она отражает глубинные чувства, желания, страхи человека, на неё попавшего. Твоя избранница сумела превратить планету-зеркало в волшебную сказку...

— Она у меня самая лучшая, — улыбается ему Паша. — Это же Маша!

Я всё равно не понимаю, почему они так восхищаются. Просто не могу понять причин подобной реакции. Мы прилетели в сказку, чтобы жить со всеми в мире, чтобы мои малышки улыбались, чтобы никто не ссорился и никого не пугал, что в этом такого? Да, мне хочется обратно, просто очень хочется, потому что там всё просто и нет людей. А ещё я боюсь поверить этим взрослым, просто до паники боюсь, потому что у меня малышки же.

— Машенька, — мягко произносит мама Паши. — Твоя память будет немного меняться, ты не пугайся этого. Это из-за флуктуации.

— Хорошо, я не буду бояться, — не очень понимая, о чём она говорит, киваю я.

— Вот и молодец, — улыбается эта женщина.

— Ой, чай же, — вспоминаю я. — Мы сейчас!

С трудом подняв Лику на руки, я тороплюсь на кухню. Ну и Лира со мной, конечно. Нужно печенье разложить и чай налить. Доченьки мои радостно улыбаются, я улыбаюсь им, потому что они у меня очень чудесные, и что бы ни было, мы обязательно будем счастливы. Потому что мы заслуживаем наше счастье.

Глава тринадцатая

Пашины родители уходят, они хотели бы, чтобы мы пошли с ними, но понимают: я довериться ещё не могу. При этом они улыбаются очень ласково, так что я приглашаю их приходить завтра. Сейчас же мне надо выкупать малышек, самой душ принять и переодеться. Во что переодеться, правда, я не знаю. Но стоит маховику щёлкнуть, я беру Лику на руки.

— Паша, я сейчас малышек моих искупаю и вернусь, — мягко говорю я, вся покраснев.

— Маша, возьми, — он протягивает мне какой-то свёрток. — Мама для тебя передала.

Я раскрываю свёрток, а там... Ночная рубашка, длинная. Получается, его мама подумала обо мне, чтобы было комфортно спать с мальчиком в постели, учитывая, что мы ещё юные совсем, но у него ужё всё работает. Чтобы я не смущалась, наверное. Только смущаюсь я от этого ещё больше, тихо поблагодарив.

В ванной стягиваю бельё с малышки, Лира справляется сама, а затем, минутку подумав, раздеваюсь, чтобы помыться вместе с доченьками. И так, и так буду мокрая, пусть лучше буду мокрая с пользой. Девочки мои уже не боятся оставаться голыми, поэтому мы веселимся в ванной бота, а потом я им показываю, как правильно нужно мыться. Лиру же точно никто не учил, она мылом чуть не полезла туда, куда не надо.

Вылезаю, вытираюсь насухо и надеваю ночную рубашку. Вынимаю Лику, несу её в постель, где для неё пижама приготовлена. Пижамка ей чуть велика, но это даже лучше, потому что она же спать будет. Паша отправляется в ванну, а я вспоминаю о белье, быстро натягивая трусы под ночную рубашку. Мне не страшно, но просто некомфортно, да и первая ночь же с мальчиком в одной кровати, потому что другой просто нет.

Когда выходит Паша, я улыбаюсь, а Лира смотрит на него, на сестру и кивает.

— Я с папой рядом спать буду, — заявляет она. — А Лика с мамой, потому что у неё кошмары.

— У мамы или у Лики? — интересуется Паша, на что Лира только вздыхает.

— У обеих, — грустно говорит она. — У Лики, потому что напугалась и ножки опять не ходят, а у мамочки...

— Не надо, я понял, — гладит её Паша по голове, укладываясь в постель совсем рядом со мной.

Лира обнимает его руку и закрывает глаза, а я прислушиваюсь к своим ощущениям. Пожалуй, это не только смутительно, но и приятно. Я привстаю и тихо пою колыбельную дочкам. Ту, к которой они привыкли, ту, которая для нас сказку и означает. Нам ещё долго лететь, и что будет впереди, я не знаю, но надеюсь, что ничего плохого. Хватит нам плохого, наверное.

Доченьки привычно и очень быстро засыпают, а я всё смотрю в потолок каюты. Рядом со мной Паша, тот самый, что спас нас в прошлый раз и встал рядом в этот. Тот самый, о котором я иногда мечтала в нашей сказке.

— Мечта просто, — произносит тот, о ком я думаю. — Рядом любимая, а с другого бока дочка. Не знаю, почему, но я чувствую малышек именно своими, родными.

— Ну это же ты, — тихо комментирую я. — Тогда, в первый раз, ты полез на смерть ради меня. Пусть этого не было, но и в этот раз ты, не раздумывая, встал рядом. Против всех встал и закрыл нас собой. Как тебя не любить?

Я чуть сдвигаюсь, прижимаясь к его плечу. Паша обнимает меня, отчего на душе становится вдруг так спокойно, как будто и нет ничего плохого на свете. Сейчас бы оказаться в нашем домике, посреди сказочного леса и ничего не решать. Хочется довериться взрослым, всё-таки ласки и мне не хватает, я очень хорошо это почувствовала сегодня, но... А вдруг они только притворяются?

Память двоится, я вдруг вспоминаю, что у нас в классе два немца и один англичанин. Нет никакой другой школы, с чего я это взяла? Танька не говорила о том, что хотят продавить что-то на Совете, которого, кажется, тоже нет, потому что в полёте всё решает капитан. Я цепляюсь за старые воспоминания, но они расплываются, исчезая. Детей у нас бить нельзя, да и никого нельзя бить, особенно так. Наверное, поэтому взрослые, которым очень хочется, придумывают другие возможности увидеть детские слёзы. С этой мыслью я засыпаю, чтобы проснуться буквально мгновенно. Кажется, я только глаза закрыла...

— Мамочка! Мамочка! Спаси, мамочка! — пищит, заикаясь, Лика.

Я резко поворачиваюсь к ней, тормошу мою

хорошую, глажу, отчего полные страха глазки раскрываются, и доченька тихо-тихо плачет.

— Маленькая моя, — целую я её. — Всё закончилось, этого нет, совсем нет, мы дома, плохих людей нет, мама не пустит...

— Мамочка... — прижимается ко мне Лика, потихоньку засыпая.

Я тоже закрываю глаза, проваливаясь в сон, в котором оказываюсь привязанной к столу без трусов, а похабно усмехающийся бывший родитель, помахивая той чёрной штукой, которой нас хотели бить, лезет рукой прямо в...

Я просыпаюсь от своего крика. На мне сверху лежит Лира, рядом Лика, ещё Паша рядом, все гладят и рассказывают о том, что этого нет.

— Не плачь, родная, — уговаривает меня Паша. — Этого нет, этого никогда не будет. Я смогу тебя защитить, поверь мне.

И в этот момент я верю изо всех сил в то, что Пашенька защитит. Почему вернулись кошмары, я, кажется, понимаю — всё же по новой. Это я знаю, что ничего по новой не будет, но что-то внутри меня боится. А доченьки плачут, значит, нужно их успокоить. Вот так, успокаивая малышек и успокаиваясь сама, я засыпаю, чтобы проспать до утра.

Ну, насчёт «выспаться» — это, конечно, сложный вопрос. Поднявшись, я, забывшись, переодеваюсь, только затем заметив восхищённый Пашкин взгляд. Ладно, пусть глазеет, заслужил.

— Ты очень красивая, — сообщает он мне. — Просто слов нет.

— Ну ты поищи слова, — прошу я его, засмеявшись. — Девочки очень любят комплименты.

— Я исправлюсь, — обещает мне Пашка, поднимаясь.

Доченьки ещё спят, и это хорошо, пусть поспят. Сейчас я умоюсь, приготовлю моим лапочкам волшебным кашу шоколадную. Ну и мы с Пашей поедим, конечно. Помню, очень она им понравилась, поэтому отправляюсь на кухню. Ну и Паша со мной, конечно. На кухне я настраиваю внутреннее оповещение, чтобы мне сообщило, когда малышки зашевелятся, а затем принимаюсь за готовку.

— Ты настоящая мама, — замечает Пашка. — Заботливая, внимательная... Учитывая, что о твоей семье сказали, даже странно.

— Понимаешь, Пашенька, — вздыхаю я. — Наверное, это просто инстинкт какой. Потому что Лира и Лика — лапушки, как их обидеть?

— Всем бы такой инстинкт, — комментирует парень, а я киваю.

Что тут скажешь?

— Мамочка, а давай пироги лепить? — просит меня Лика.

Ножки она опять не чувствует, но Хозяина Леса здесь нет, как и волшебных ягод, поэтому, как теперь будет, я и не знаю. Лира присоединяется к просьбе сестрёнки, и я понимаю: они хотят обратно в сказку. Туда, где всё было понятно и не надо было пытаться кому-то довериться. Я тоже в сказку хочу на самом деле, но и не дать шанса людям не могу, ведь Дед Мороз сказал же: «Если будет совсем плохо». А сейчас ещё не совсем... Хоть и хорошей ситуацию не назовёшь.

— Давай, — улыбаюсь я ей, погладив по голове.

Я изменилась за это время. Было ли то, что с нами произошло, или нет, уже не так важно, ведь я полностью изменилась, и теперь мне будет сложно. Смогу ли я жить с людьми? Хочу ли я с ними жить? Не легче ли дёрнуть рычаг и улететь отсюда? Не знаю. Пашкины родители тёплые, добрые, ласковые, но... А вдруг они притворяются? Только расслаблюсь, и...

Я усаживаю Лику за кухонный стол, рядом устраивается и Лира, мы начинаем месить тесто, когда по трансляции предупреждают о визите родителей. Парализатор лежит рядом со мной на всякий случай, доченьки никак не реагируют на происходящее, а встречать родителей отправляется Паша. Я понимаю, что ситуация патовая, но и боюсь довериться, и не хочу ничего решать. Я действительно устала уже.

Я понимаю, что нам хотели сделать подарок — вернуть в привычную среду, вот только привычная ли она? Сложно сказать на самом деле, потому что опять возвращаюсь, откуда начала — я боюсь довериться. Просто боюсь и всё. И не за себя боюсь — за лапочек моих волшебных. Не хочу, чтобы они плакали.

— Здравствуй, Машенька, здравствуйте, малышки, — поёт «бабушка», заходя к нам на кухню. — А что вы это интересное делаете?

— Мы пирожки лепим, — отвечает ей Лика. — Как в сказке... Только в сказке был ещё Хозяин Леса... Он нам ягоды волшебные дал, и я ходить научилась.

— Доктора бы вам, — вздыхает женщина, — чтобы ножки посмотрел...

— Не в ножках проблема, — качаю я головой. — Ножки перестают ходить, когда доченька пугается. Доктора можно, но... Но это же не решение.

— А что решение? — серьёзно смотрит на меня Пашкина мама.

Владарг Дельсат

— Решение... — я тяжело вздыхаю. — Ну вот, допустим, выйдем мы отсюда. И что?

— Ну дом, шко... — начинает она и осекается. Я вижу, что меня поняли.

— Малышки в свою школу не пойдут — они без меня бояться будут, — объясняю я. — В моей же школе... Куратор, историк, понимаете?

— Любая угрожающая интонация, и всё... — кивает «бабушка». — Что делать, я тебе пока не скажу, мне нужно поговорить с капитаном. Может быть, у него есть решение.

— Нужны мы ему... — вздыхаю я. — Выбросить и забыть.

— Нет, доченька, — качает головой Пашина мама. — Людей не выбрасывают, это люди, понимаешь? Наверное, надо попросить твоих подруг прийти. Катю, Таню, кого ещё?

— А можно? — удивляюсь я. — Они же могут все секреты выдать!

— Да нет у нас от тебя секретов, ребёнок, — вздыхает женщина. — Так что не жалко.

Поставив пироги в духовку, я всё ещё размышляю о сказанном мне. Попытавшись представить, что мы живём не на боте, а на корабле, где малышек любой может отобрать, потому что посчитает, что им так будет лучше, а их мнение никого и раньше-то не волновало, я пугаю Пашину маму.

— О чём бы ты не думала сейчас, прекрати! — просит она меня. — Бот заперт, и доктор не успеет. Давай-ка, успокаивайся!

Я медленно прихожу в себя, пытаясь собраться с силами, мои малышки уже обнимают меня. Они молча прижимаются ко мне, даря свою поддержку. Всё они у меня понимают, просто совсем всё. И я глажу моих очень хороших доченек, глажу, глажу, раздумывая о том, что теперь делать. Были бы мы на планете, ходили бы все вместе в школу... М-да... Проблема школы никуда не девается, вот что.

— Мамочка, пироги, — напоминает мне Лира.

Я тянусь к духовке, вытаскиваю еще горячие пироги, привычно отделив треть. А потом будто что-то под руку толкает — я берусь за медальон, данный каждой из нас Дедом Морозом, кладу треть пирогов на стол и произношу привычную фразу дарения Хозяину Леса, при этом вспомнив наш дом, ёлку и то место, где мы обычно оставляли наши подношения.

— Это у вас ритуал такой? — интересуется Пашина мама.

Я уже хочу ответить, потому что мне отчего-то грустно, но в этот самый момент наш подарок исчезает. Я чувствую, что просто от души улыбаюсь. Сказка с нами! Доченьки поднимают радостный визг, а вот «бабушка» их находится в

Владарг Дельсат

полной прострации. Такого она ещё не видела, но мне это неважно, я радуюсь тому, что у нас есть сказочная поддержка. Хозяин Леса всё равно с нами, значит, присматривает, получается?

Затем мы едим удивительно вкусные пироги, несмотря на то что ягоды для них были заморожены. Но мы их едим все вместе: и родители Паши, и сам Паша, и мы — запиваем эту радость чаем, а кажется, сейчас закрою глаза и мы втроём снова окажемся в нашей сказке. Почему-то ужасно хочется нам обратно в нашу сказку. Там не нужно было ничего решать и никому доверять, потому что у нас были мы и целая планета. А здесь... Здесь как-то всё неправильно и страшно. Просто очень страшно оттого, что в безопасности мы, только когда в боте.

— А вы можете гарантировать, что никто не отнимет малышек? Что не обоснуют их благом? — спрашиваю я Пашину маму в ответ на её вопрос, чего я боюсь.

— В полёте это может гарантировать капитан, — отвечает Пашин папа. — Может, дать тебе бумагу, слово своё... А когда мы прилетим, ты совершеннолетней уже будешь и просто удочеришь.

— А капитан не может своё слово как дал, так и обратно взять? — интересуюсь я. — Что его остановит?

Флуктуация Катова

— Да, — кивает папа жениха. — Тупик полный. Ты не можешь поверить, мы не знаем, как тебе доказать. Боялась бы за себя, проще было бы, но ты за малышек боишься, и тут я выхода не вижу.

— Мамочка, — зовёт меня Лика. — Я писать хочу.

— Пойдём, лапуля моя, — улыбаюсь я ей, привычно взяв на руки.

— Может быть, я? — спрашивает «бабушка». — Тебе же тяжело.

— Ничего, я смогу, спасибо, — отвечаю я доброй женщине. — Своя ноша не тянет.

И уже в туалете совсем, как оказалось, туда не хотевшая Лика, напоминает мамочке о медальонах. Если доченек попытаются забрать силой, то мы просто все вместе пожелаем и окажемся в сказке. А сами медальоны, такое ощущение, что и не видит никто, даже Пашка, поэтому и отобрать не попытается. А это уже какая-никакая гарантия, от людей не зависящая никоим образом.

Глава четырнадцатая

Я думаю о том, что Пашина мама права — надо Лику доктору показать. Но сможем ли мы выйти из безопасного бота, отправившись по коридорам корабля, полным желающих обидеть малышек? Я не могу поверить в то, что люди вдруг стали добрыми. Они не могут быть добрыми, не могут! Они все твари, ненавистные, подлые твари!

— Давай попробуем, — предлагает мне эта женщина, а я стою у открытого люка с Ликой на руках и не могу.

Я не могу сделать шаг, хотя под рукой у меня парализатор, рядом Паша, я просто не могу — весь мой опыт кричит об опасности, поэтому мне хочется просто убежать и забыть о том, что есть люди. Я действительно не могу сделать шаг. А вот Лира... она подходит к шлюзу, осторожно выглядывает наружу и... делает шаг назад.

— Мама, мамочка... — прижимается ко мне задрожавшая от страха доченька.

И я делаю шаг назад, уходя с детьми в спальню. Мы не выйдем из бота лучше никогда. Для Лиры и Лики в корабле страшно всё, хотя их мать бывшую заперли уже. Лика тяжёлая, даже очень, но я всё равно её держу, потому что иначе никак, а доченьки боятся, я это вижу, чувствую — они боятся. И я боюсь, поэтому мы обнимаемся, сидя на нашей кровати, и тихо плачем.

Паша садится рядом и обнимает всех, отчего становится чуть полегче. Возникает ощущение, что он всё понимает, ему хочется довериться, но в моих руках плачут доченьки, и я уже думаю, что улететь отсюда куда-нибудь, где нет людей, будет самой лучшей идеей. Но это для нас троих, а Паша?

— Мама предлагает привести доктора сюда, — тихо говорит парень. — Ты... вы готовы на это? Никуда отсюда уходить не надо будет... Доктор одна будет, ты как?

— Пусть, — киваю я. — Если здесь, то пусть, потому что я не могу...

— Я с тобой, что бы ни случилось, — негромко произносит Паша. — Даже если решишь убежать, я тебя не оставлю.

Я поднимаю взгляд на него. Мои глаза наверняка заплаканные, но это не так важно — я просто вглядываюсь в парня, понявшего мой страх и готового разделить со мной что угодно. Наверное, я его люблю, очень-очень, но у меня малышки, и они важнее. Я тяну Пашу на себя, отчего мы все падаем на кровать в нашей спальне спасательного бота.

Не хочется ни о чём думать, но и доверять мне кому-либо сложно, ну, кроме Паши, поэтому я готова, наверное, поговорить с врачом… Я понимаю, что если врачиха начнёт командовать, то на этом всё закончится. Я просто её выпровожу или выкину всех и дёрну рычаг. Дам возможность Паше ещё раз подумать — и всё. Если он решит остаться с родителями… Что же, у меня есть малышки, и живу я для них.

— Ну что ты плачешь? — тихо спрашивает обнимающий меня парень. — Что случилось?

— Мамочке трудно, — поёт Лира.

Ангелочек мой всё понимает, всё-всё понимают мои волшебные доченьки. Им тоже трудно, но у них есть мама, а я… а у меня, кроме них, нет никого. Я хоть и люблю, вроде бы, Пашу, но полностью ему не верю. Я и не знаю, кому верю, кроме моих малышек. От этого мне очень тяжело, хочется плакать и спрятаться ещё хочется, а я должна что-то решать... Можно нам обратно в сказку? Ну пожалуйста!

Пашенька обнимает меня, как маленькую, очень ласково гладя, а я не могу уже сдерживать слёзы. Я не знаю, что со мной, почему я так реагирую. Ведь мы же долго жили в сказке, всё должно было пройти, почему со мной это происходит? Я не знаю... Просто ничего не знаю, и всё. Наваливается какая-то странная слабость, от которой я, кажется, задрёмываю, но ненадолго.

Во сне мне видится на этот раз, как хватают Лику, держа её так, что она не может ничего сделать. При этом её начинают бить прямо на моих глазах, и я просыпаюсь от своего отчаянного крика.

Ещё не соображая, что происходит и где я нахожусь, буквально сгребаю в объятия Лику и Лиру, прижимая малышек к себе, начинаю их целовать, плачу и целую их лица, просто не в силах остановиться. Этот кошмар был самым ужасным из всех. Почему-то с момента нашего возвращения кошмары всё усиливаются, по крайней мере, у меня.

— Мама! Она вся дрожит! — с тревогой в голосе восклицает Паша. — Что с ней?

— Что-то очень страшное делали с детьми в её сне, — слышу я голос Пашиной мамы.

И тут меня обнимают. Тёплые, мягкие руки

закрывают меня от всего мира, но я просто реву от испытанного. Не могу остановиться, понимаю, что пугаю малышек, но просто не могу успокоиться, сдержаться, прекратить, как будто всё накопившееся напряжение, постоянное ожидание нападения, метания — всё это просто рвётся из меня.

— Мамочка! Мамочка! Мы живы, мы живы, мамочка! — повторяет почти не заикающаяся Лика, а я то прижимаю их к себе, то начинаю опять целовать моих малышек.

— Тише, маленькие мои, тише, мои хорошие, — уговаривает нас Пашина мама. — Истерика у маленьких моих. Не надо нам никого, не надо, будем тут жить. Или на планету можно отправиться... А потом за нами придут, и всё хорошо будет.

— На планету? — я удивляюсь так, что даже плакать перестаю.

— Планета земного типа тут неподалёку, — объясняет мне женщина. — Мы можем пожить на ней, пока вы не успокоитесь, а потом попробуем опять к людям выйти.

— Мы? — ещё больше поражаюсь я.

— Ну не оставим же мы вас одних, — мне слышится улыбка в голосе женщины.

Становится спокойнее на душе. Губ касается что-то холодное, я с трудом понимаю: это стакан, судя по всему, с водой. Я пью, успокаиваясь, успокаиваются и малышки, но внутри всё равно живёт отголосок испытанного мной страха за Лику и ощущение абсолютной беспомощности. В этот момент я понимаю, что выйдем мы отсюда только на поверхность планеты. Может быть, со временем мои маленькие смогут забыть и смотреть в глаза людям, не ожидая подлости, а вот я... Я, наверное, не смогу. Не знаю, что должно произойти, чтобы я смогла поверить и доверять людям. Хотя Пашиным родителям я, наверное, доверяю. По крайней мере, пока уверена в своей безопасности. То есть на боте я им доверяю, но вне... Я не могу выйти из бота, да и малышки вряд ли смогут. Напугала я их, и сама напугалась.

— Доченька, можно мы тётю-доктора позовем? — негромко интересуется мама Паши. — Она будет хорошей.

— Можно, — киваю я, чувствуя себя не слишком хорошо, как будто в обморок собралась.

И страшно мне, и потряхивает ещё, плакать очень хочется, хотя я взяла себя, вроде бы, в руки. При этом не могу объяснить, что со мной происходит, а малышки мои просто держатся за маму, и всё.

Мы сидим в рубке: я в кресле, а дочки на моих руках, потому что сейчас придёт доктор. Мне не очень хорошо, голова немного кружится, потому что спать получается всё меньше. Даже у Лиры кошмары начинаются уже, а Лика почти не может спать. Всё чаще я думаю о нашем доме на планете сказок. Как там было хорошо и спокойно, как тревожно мне здесь. Просто невозможно объяснить.

— Мне страшно, мамочка, — пропевает фразу Лира, а я прижимаю её к себе.

Мы, наверное, не сможем уже поверить людям. Я не знаю почему, но просто не могу переступить через себя и шагнуть в тёмный коридор из бота. Но вот то, что сюда можно легко попасть извне, меня угнетает. Наверное, с момента начала уговоров Пашиными родителями мне хуже стало, ведь они почти убедили меня.

Вот люк начинает медленно открываться, Лира и Лика прячут лица в моём платье, чтобы не видеть чужого человека, а я слежу за тем, что происходит. Страшно мне, просто очень. Мне кажется, что любой взрослый может сделать плохо, даже если хочет «только хорошего». Хочется расслабиться, но нельзя, потому что рядом враг. Коварный враг, только и ждущий, когда я отвернусь...

— Вот прямо настолько всё плохо? — удивляется вошедшая в бот женщина.

— Маше плохо, — негромко произносит Пашка. — Я уже и не знаю, что сделать можно, но ей просто плохо, кошмары откровенно жуткие. А малышки...

— А малышкам плохо, потому что плохо маме, — кивает врачиха, очень медленно подходя к нам.

Она присаживается на корточки у самого кресла, отчего я на неё смотрю сверху вниз, но это меня не успокаивает. Я знаю, что она неопасна и хочет нам помочь, но где-то в подсознании живёт страх, не дающий мне расслабиться. Хочется зажмуриться и открыть глаза в нашем домике, где совершенно точно ничего нет плохого.

— Здравствуйте, маленькие, — улыбается женщина, глядя на доченек. — Можно я вас осмотрю?

Лира и Лика только теснее прижимаются ко мне. Они совершенно не реагируют на то, что им говорят, а докторша пытается лаской чего-то добиться, но не может. Я тоже не могу поверить и принять эту помощь.

— М-да... — задумчиво произносит врач. — Легко не будет... Что же с вами случилось-то?

— Флуктуация показала им близких людей, —

объясняет Пашина мама. — Глубинные желания, устремления, и не было никого, кто бы их защитил. Совсем никого.

— Как результат они находятся в травмирующей обстановке... — доктор поворачивается к нам спиной, разговаривая с Пашиными родителями.

Пашенька подходит ко мне, обнимает нас троих, закрывая от взрослых, и мне сразу же становится легче. Пока я не вижу взрослых и он меня обнимает, я успокаиваюсь. Я не знаю, что нужно сделать, чтобы я так не боялась. Может быть, связать меня? Интересно, а если меня отлупить, я так же бояться буду или пойму, что ничего страшного в этом нет, и успокоюсь?

— Адреналин выделяется, вот и доводит себя чуть ли не до шока, — объясняет докторша Пашиной маме. — Кроме того, вы тоже из взрослых.

— Значит, выхода нет? — спрашивает Пашина мама. — Но они так заболеть могут.

— Могут, — кивает медик, тяжело вздохнув. — Ещё как могут. Я бы отпустила их на планету, честно говоря.

— Давайте тётя доктор вас погладит? — я делаю попытку убедить Лиру и Лику.

— С-страшно, — отвечает Лика. — А вдруг она...

— А тогда её папа побьёт, — отвечает ей Паша.

— Да? — удивляется малышка и задумывается.

Я знаю, о чём она думает, но ей намного проще — рядом мама и папа, поэтому спустя некоторое время девочка кивает. Она не очень уверенно кивает, но я вижу — пока она в моих руках, всё хорошо будет, поэтому я помогаю ей стянуть платье. Даю время привыкнуть к тому, что на ней только трусики, и киваю Паше.

— Вы можете посмотреть малышек, — говорит он докторше. — Только...

— Из маминых рук, — продолжает она. — Мы погладим маленьких из маминых рук, и забирать не будем.

У неё голос добрый, ласковый, но Лике, по-моему, что-то не нравится — она напряжена сильно. Я глажу мою девочку, прижимая её к себе, рядом всхлипывает Лира, очень хорошо чувствующая настроение сестры. Я слежу краем глаза и за родителями Паши, замечая, что его папа хмурится, покачивая головой, а мама улыбается. Мне не нравится эта улыбка! Не знаю почему, но не нравится. Может, выстрелить? Но на таком расстоянии и нам достанется, так было в руководстве написано, а врачиха всё ближе.

Она как-то неумолимо приближается, из

глубины души поднимается страх. Но пока докторша ничего не делает. Она ощупывает руки и ноги внимательно следящей за ней Лики. Доченька никак на это визуально не реагирует, только когда рука врачихи прикасается к трусикам, начинает дрожать.

— Остановитесь! — требую я.

— Мне нужно осмотреть ребенка, — отвечает мне докторша. — А стрелять на таком расстоянии ты не будешь.

В её руке появляется, будто ниоткуда, инъектор. Я его помню, он для быстрого введения медикаментов. Она хочет убить доченьку! Я всё понимаю — нас опять обманули!

— Паша! Спаси! — кричу я, не помня себя от страха, и тут...

Передо мной появляется Пашина спина, врачиха пропадает, а мой... жених, кажется, рычит.

— Не подходите, — предупреждает он, закрывая нас. — Даже не думайте дёрнуться. Пусть меня заденет, но я не дам вам приблизиться к Маше.

— Сынок! Ты ничего не понимаешь! — слышу я голос его мамы. — Девочкам надо помочь, они же себе плохо делают, а взрослые лучше знают!

На этой фразе на меня будто падает потолок рубки. Нас опять предали. Взрослые уверены, что

Флуктуация Катова

знают лучше, и решили, не знаю, что сделать, но против нашей воли. Обмануть в очередной раз. Им нельзя верить, совсем никому из них нельзя верить, они подлые твари, что бы ни делали и ни говорили.

— Вы решили предать наше доверие ради своих целей, — слышу я Пашин голос. — Маша права — вам нельзя верить. Уходите.

— А если нет, выстрелишь в родную мать? — интересуется голос его мамы.

— Мне будет очень тяжело, мама, очень, — вздыхает Паша. — Но ты ставишь меня перед выбором, а что бы ни случилось, я всегда выберу Машу и малышек.

Доченьки берутся за медальоны, я тоже, но не хочу оказаться в нашем домике, а обращаюсь к Деду Морозу, зову его, потому что нам бы и Пашу забрать, если он согласится. Я изо всех сил зову Деда Мороза, надеясь на то, что чудо может случиться, что мы не одни, что...

Глава пятнадцатая

— Значит, предали доверившихся вам, — слышится знакомый голос совсем рядом с нами. Он услышал, он пришёл!

— Вы кто?! — удивляется Паша, но оружие не наставляет.

— Это Дедушка Мороз! — поёт Лира.

— Малышей опять напугали... — вздыхает выглядящий стариком мужчина, неведомо как оказавшийся в боте. — Маму их волшебную до слёз довели.

— Они... Они хотели, как лучше... — тихо произношу я, радостно ему улыбаясь.

— По их мнению, — кивает тот, кого мы зовем Дедом Морозом. — Для чего решили вас усыпить и разделить, я всё правильно понял? — интересуется он у взрослых.

— Но вы не понимаете! — восклицает докторша, а я замираю.

У меня хотели отнять доченек. Всё равно с какой целью! У меня хотели забрать малышек! Просто усыпить меня, а может... А вдруг они хотели их выкинуть? Вдруг всё, мне до сих пор сказанное, ложь?

— Это вы не понимаете, — с усталыми интонациями произносит старик. — Флуктуация дарит вам испытания. Сначала были испытаны не только дети, но и их взрослые, показавшие, что опереться ребятам не на кого. А теперь вы потеряли свой шанс.

— Подождите, — Паша поражённо смотрит на Деда Мороза. — Доктор хотела усыпить Машеньку, чтобы забрать детей, и мои родители согласились ей в этом помочь? Я правильно понял?

— Павел, я был против, — говорит его папа. — Но...

— Но не остановил, — будто ставя точку, произносит парень. — Значит, был заодно. Предатели вы... Права Машка, нельзя вам доверять, уходите!

Я медленно осознаю, что на моих глазах сейчас произошло. Взрослые решили нас всех предать. Я не знаю, какова была их конечная цель — хотели нас вылечить или выкинуть, но и верить им после этого не хочу. Да и не могу, наверное, только что делать сейчас?

— Можно дать людям ещё_один шанс, — задумчиво произносит Дед Мороз. — Переместить вас на момент раньше, но ведь это ничего не изменит.

— Не изменит, — отвечает Паша, становясь рядом со мной. — Мы не сможем им поверить. Возможно, когда сами станем взрослыми, но...

— У вас будет пять лет, — говорит старик замершим взрослым. — Пять лет подумать и решить для себя, кто вы. Затем мы встретимся вновь.

Взмах посохом, и... Стена рубки исчезает, за ней я вижу наш дом. Всё выглядит так, как будто мы только что выскочили оттуда и скоро вернёмся. Лира радостно, широко улыбается, начинает улыбаться и Лика, а тот, кого мы называем Дедом Морозом, только вздыхает.

— Вы сотворили сказку, поэтому она ждёт вас такой, какой вы её сделали, — произносит он. — Идите, дети, и не удивляйтесь теперь ничему. А вашим... взрослым я скажу ещё пару слов.

— Паша, помоги, пожалуйста, — прошу я, пытаясь встать с Ликой на руках.

— Иди к папе, маленькая, — просит её парень... да уже, похоже, муж.

Лика тянется к нему, вмиг оказываясь на

руках. А я тихо хихикаю — нам по четырнадцать, а у меня уже и муж, и дети. Смешно, наверное... Только вот страх сразу отступает и будто прячется где-то в глубине души. Лира оглядывается на нас, а я задумываюсь, но потом поворачиваюсь к предавшим нас взрослым.

— Я ведь вам поверила... — мне грустно, и улыбаюсь я как-то так же, наверное. — Поверила вашим рукам, ласке... Предали бы вы только меня, гори оно огнём, в конце концов, после лап бывшего родителя мне мало что страшно. Но вы предали моих малышек, и этого я вам никогда не прощу. Паша... — я вздыхаю, — ты мне очень дорог, ты меня спасал уже столько раз, но подумай, готов ли ты...

— Я люблю тебя, Машенька, — очень ласково это у него выходит. — Мои родители заставили меня выбирать между ними и тобой с малышками. Я выбрал, родная, пойдём домой.

Я всхлипываю, прислоняюсь к его плечу, беру Лиру за руку, и мы делаем шаг вперёд. Оглянувшись, я вижу только стену дома. Лира визжит изо всех сил, к ней присоединяется и Лика, оглушая своего папу, а я опускаюсь на пол и плачу. Пашенька сажает доченьку на диван, а потом поднимает меня с пола, чтобы пересадить туда же. Мы дома... Господи, если ты есть, мы дома... Я просто чувствую, что освобождаюсь от той тяжести, что навалилась на меня на корабле.

— Мама, мамочка! — зовёт меня Лира, показывая в окно. — А там зима! Мо-о-ожно мы пойдём к ёлочке?

— Конечно, там зима, — улыбаюсь я. — Сейчас оденемся и пойдём все вместе, хорошо?

— Да-а-а-а! — она как-то мгновенно перестаёт заикаться, а Лика даже на ножки встать пытается, но пока не выходит.

— Пашенька, пойдём со мной, — прошу я его, уводя в спальню. — У нас зимней одежды нет, зато есть комбинезоны. Сейчас мы с тобой переоденемся, ну и малышек переоденем, хорошо?

— Хорошо, — кивает он мне. — Будь по-твоему, любимая.

Я веду его за собой, при этом Лира и Лика просто кивают друг другу. Всё они у меня понимают, мои хорошие. Спальня выглядит ровно так же, как мы её и оставили. Значит, комбинезоны... Я стаскиваю своё несчастливое платье, подумывая пустить его на тряпки, а сама протягиваю замершему... хм... мужу комбинезон, довольно быстро влезая в свой.

— Потом поглазеешь, — сообщаю я ему. — Тебе на меня всю жизнь ещё глазеть.

Паша подходит поближе и просто обнимает меня, отчего я будто таю. Ласковые у него объятья, нежные такие, хочется просто замереть и растечься. Но я беру себя в руки, чтобы застегнуть комбинезон. Надо и малышек одеть, а Лика у нас опять не ходит, но это решится, наверное. Пока Паша одевается, рассказываю ему о Хозяине Леса, инструктируя, что нужно сделать в первую очередь, потому что это очень важно. Муж мой новоявленный слушает внимательно и совсем не спорит. Я думаю, это хорошо, что он не спорит, потому что планета всё равно зеркало, а мне хочется оставить её сказкой.

Я одеваю малышек моих, после чего беру на руки Лику, чтобы выйти в ясный день, полный солнца и мороза. Сегодня мы будем отдыхать, а вот завтра посмотрим, что делать начнём. Но я себя чувствую такой освобождённой, такой счастливой, как будто действительно домой вернулась. Даже странно немного, но здесь у нас сказка, а мне так хотелось именно сказки и никого не бояться. Вот я и не боюсь, некого здесь.

— Здравствуй, Хозяин Леса! — кланяется Паша, как я его научила.

Он обещает быть хорошим, а я просто улыбаюсь, потому что ощущение такое... как будто меня ждали именно здесь. Мне вспоминаются услышанные когда-то слова: «Дом — это там, где ждут». Значит, всё правильно?

Мы играем в снегу, а я просто чувствую, как меня заполняет счастье. Оказывается, мне это очень нужно — играть с детьми, не думая о том, что кто-то может заставить что-то сделать или отнять моих деточек. Маленькие мои, лапочки просто, а ножки мы починим, уже однажды починили, и второй раз сможем.

— Доброго здоровьичка, — слышу я голос за спиной, моментально разворачиваясь, но почему-то не пугаясь.

— Ой, бабушка... — удивлённо говорит Лира, тоже ничуть не испугавшись.

У нас за спиной стоит старушка в платке пуховом, одетая в шубу, как на картинке, поэтому я её узнаю — это Баба Яга, но не злая, а добрая, потому что у нас все сказки добрые были. Наверное, поэтому не пугаюсь, ведь мы в сказке.

— Бабушка, — соглашается Яга, а Паша растерянно оглядывается. — Вижу, с прибавком вернулись, соседушки?

— Ой... — говорю я и представляю парня. — Это Пашенька, он мой... — я отчего-то смущаюсь, но добавляю, — муж.

— Рановато вы женихаться придумали, —

улыбается старушка. — Да, видать, выбора вам не оставили.

— Не оставили, бабушка, — вздыхаю я. — Теперь будем тут жить, в сказке.

— Вот и молодцы, — она подходит поближе, гладит Лиру, затем и Лику. — А что это у нас Лика прихворнула? Опять ножки не ходят?

— Кто это? — тихо спрашивает меня Паша.

— Это Баба Яга, — отвечаю я ему, улыбаясь. — Мы про неё сказки читали, фильмы смотрели и сами придумывали ещё. Она хорошая.

— Хорошая, — услышав меня, отвечает бабушка. — А вот мы Лику отваром целебным напоим да пирогами угостим, ножки и починятся.

— Спасибо, — тихо говорит Лика, глядя на Ягу полными слёз глазами.

— А пожалте-ка в гости ко мне, ибо поговорить нам надобно, — произносит бабушка и хлопает в ладоши.

На поляну, полную снега, вальяжно выходит домик. Своими птичьими лапами он разгребает снег, чтобы усесться поудобнее, — по крайней мере, мне так кажется. Паша смотрит на это большими круглыми глазами, а доченьки только хихикают, глядя на папу. Я же уже хочу взять Лику на руки, но, повинуясь жесту Яги, доченька взлетает в воздух.

— Ну что ты, Машенька, — качает головой бабушка, — мы же в сказке живём.

— В сказке... — шепчу я, а Паша, как чувствует, обнимает меня.

Оказавшись внутри, я вижу всё, как мне представлялось: большая печь, стол деревянный, лавки, куда неведомая сила опускает Лику, рядом с ней сразу же оказывается и Лира. Я усаживаюсь подле детей, ну и Паша, конечно, как же иначе?

— Для начала отвару целебного выпьем, — говорит нам Яга. — Он починит ножки Лике и сердечко вашей маме — очень ей, видать, плохо было. А там и побеседуем.

Я киваю, потому что от меня ничего не зависит, но вот не страшно мне совсем. Нет ощущения, что нас принуждают, что хотят что-то нехорошее сотворить. Я чувствую: с нами поговорить хотят, возможно, помочь, и я готова принять эту помощь, потому что мы же в сказке! А наши сказки не могут быть злыми.

— Отвар пейте маленькими глотками, гости дорогие, — наставляет нас Яга. — Ото будет всё хорошо у вас.

Отвар в чашке передо мной похож на густой чай. Пахнет от него летом — травами, ягодами, солнышком и лесом. Я отхлёбываю, и будто теплом меня всю обдаёт, а следующий глоток дарит успокоение. Он словно вымывает остатки страха из моей души. Становится намного спокойнее внутри меня и ещё... не могу описать.

— Мамочка, я не боюсь больше! — радостно восклицает Лира.

— А я ножки чувствую, — признаётся Лика.

— Вот допьёшь отвар, и всё станет хорошо, — ласково говорит моей доченьке Яга. — Пироги-то берите, берите.

— Как здорово, что мы в сказке... — счастливо вздыхаю я, внезапно ощутив Пашу самым-самым, поэтому придвигаюсь к нему поближе.

Стоит нам допить и поесть, Яга хлопает в ладоши. На столе появляются чай, ватрушки, пряники и ещё что-то, с ходу мной не определённое. Она наливает в чашки чай, затем достаёт большое блюдо, на край которого кладёт неведомо откуда взявшееся яблоко, запуская его в движение.

— Деточки, нам надо решить с вами, — вздыхает Яга. — Вы рождены в ином мире, потому у вас есть нынче выбор. Вернуться к своим людям или же стать частью сказки.

— Мы не хотим возвращаться, — негромко произносит Лира.

— Погоди, малышка, — улыбается ей бабушка. — Страх вы свой забудете, но сначала покажу я вам картинки интересные.

Яблоко продолжает бежать по кругу, а в блюде медленно проступают картины, и я узнаю внутренности звездолёта. Сначала нам показывают большую каюту, в которой о чём-то думает седой мужчина.

— Ну что, Иван, — вздыхает он. — Провалили мы первый Контакт. Известно хоть, почему?

— Известно, — слышится в блюде другой голос. — Дети боялись взрослых, а те решили спасти им нервную систему — усыпить и провести через гашение.

— То есть погасить травмирующие воспоминания... А санкция у них была? — интересуется седой.

— Да ты что! Они же на благое дело! — деланно патетически восклицает названный Иваном. — Ну и напугали детей, а у тех обнаружился аварийный вариант... Как в тот, самый первый раз, помнишь?

— Ничему мы не учимся... — на этом картинка гаснет.

— Значит, нам память стереть хотели? — удивляюсь я, хотя и ожидала чего-то подобного.

— Да, дитя, — кивает мне Яга. — Я поначалу думала вас отваром попотчевать, что память запирает, но теперь вижу, что нельзя так. Так что можете выбрать — вернуться раньше и жить своей жизнью или же стать частью сказки.

— А частью сказки — это как? — спрашиваю я.

— Вселенная полна неожиданностей, — улыбается мне бабушка, что для кого другого выглядело бы устрашающе. — Люди двинулись к звёздам, забыв о душе, а забывать об этом не след, вот и вышло как вышло.

— Мы не хотим терять друг друга, — переглянувшись с Пашей, отвечаю я. — И людям не верим, по крайней мере, сейчас.

— Тогда будете частью сказки пять годочков, — произносит Яга. — А затем сможете встретиться с родными, если захотите.

— А что мы будем делать это время? — сразу же интересуется Лика, с подозрением посмотрев на блюдо.

— Ну как же, — широко улыбается бабушка. — В Школу Ворожеев пойдёте, ведь волшебству учиться надобно. А обидеть вас там никто и не подумает.

— Ну в школу, так в школу, — вздыхает Паша. — Главное, чтобы малышки не боялись.

Странно как-то, хотя всё правильно — если мы в сказке, то должно быть волшебство. А если есть волшебство, то и учиться ему надо. Значит, будем учиться!

Глава шестнадцатая

Для Пашеньки здесь обстановка в новинку. Конечно, это мы же сами писали и читали о сказочном мире, поэтому для нас всё здесь знакомо. Бабушка Яга заканчивает разговор, когда малышки уже носами клюют. Устали они, значит, хлопотный у нас получился день, несмотря ни на что. Нужно собираться, поэтому мы начинаем прощаться. Я уже тянусь к Лике, но меня останавливает Яга.

— Наша Лика уже может сама, — ласково произносит бабушка. — Ну-ка, попробуй.

Лика послушно кивает, осторожно сползает с лавки, трогает пол ногой и неожиданно для меня начинает прыгать и смеяться. Рядом с ней прыгает и Лира, а я, кажется, сейчас плакать буду! Но Яга поворачивается ко мне, смотрит в глаза и качает головой.

— Несмотря на то, что вы большие, вы ещё дети, — вздохнув, произносит она. — Я дам тебе колечко заветное, как грустно станет — потрёшь его, хорошо?

— И что будет? — интересуюсь я, потому что ей-то я верю, но…

— Появится у тебя человек близкий, — негромко отвечает бабушка.

— Хорошо, — киваю я и, думая, что это всё, уже собираюсь благодарить, но Яга останавливает меня.

— Женихаться вы решили рано, — говорит мне Баба Яга. — Потому запираю я тебя до восемнадцати годов. Не будет ни крови, ни тревог. Иди с миром.

— Благодарю, бабушка! — кланяюсь я ей, как в книжке показано было, хоть и не понимаю, что именно она сделала.

Мы прощаемся, после чего отправляемся по скрипучему снегу к нашему дому. Я и не заметила, когда стемнело вокруг, на небо уже и Луна взобралась. Доченьки обе уставшие, по ним заметно — не прыгают, а только зевают. Значит, надо будет их выкупать… Или до завтра потерпит? Просто в пижамки переодеть, и пусть спят до утра. Может, и не будет у них кошмаров, всё ж таки домой мы вернулись. А вот мне помыться надо обязательно, ну и подумать затем над тем, что Яга сказала.

— Пашенька, — зову я... ну, получается, мужа... Или всё-таки жениха? — Я в душ по-быстрому, хорошо? А доченьки пока переоденутся, а то сегодня они в ванной уснут.

— Это точно, — кивает он, обращаясь затем к малышкам. — Ну что, доченьки, переодеваться?

— Папа поможет? — сразу же интересуется Лира.

— Папа поможет, — соглашается Паша, а я беру пижаму свою и топаю в ванную.

Спать с мальчиком и смутительно, и нет. Сегодня я поняла, что он для меня значит: он действительно самый-самый, просто раньше я всего боялась, вот и не понимала. Но Яга права: нам, скорее всего, многое рано, даже то, чего я пока не знаю. Как появляются дети и что для этого нужно, мне известно — в школе проходили, но мне не хочется этого, особенно после... после того, что было.

Залезаю в ванну и тут вдруг понимаю, что именно сделала Яга. Она меня защитила даже от самой себя. Вот что она имела в виду, когда говорила, что крови не будет... Интересные какие в этой сказке дела... Провожу пальцами — действительно, только гладкая кожа, нет того самого места, которое для размножения предполагается. Значит, можно на эту тему не переживать, уже хорошо.

О чём я думаю? Мне вдруг становится так тоскливо на душе, я и сама от себя этого не ожидаю. Яга убрала мой страх, и теперь... Я сажусь в ванную под потоком воды, задумываясь. Да, я стала взрослой, пока забочусь о малышах, но сегодня я чувствовала что-то странное, недаром же мне Яга колечко заветное дала. Надо смотреть правде в глаза — мы и в самом деле одни. Для малышей я мама, для Паши... не знаю... Вот я говорю «муж», а сама верю ли?

Мне четырнадцать, я сама ещё ребёнок и понимаю это теперь. Мне предстоит быть всем для детей. На это я готова, но мне тоже хочется тепла... материнского. Яга это, конечно, знает, ей лет много-много, вот и знает она. Ладно, надо одеваться. Ну допустим, появится кто-то, смогу ли я доверять? Наверное, да, ведь мы же в сказке? Мы в нашей правильной сказке, значит, всё будет хорошо.

Я надеваю пижаму, а кольцо от Яги само просится ко мне в руки. Вздохнув, выхожу из ванной и сразу же попадаю в Пашины руки. Парень молча обнимает меня, я обнимаю его в ответ, вздохнув.

— Что с тобой, любимая? — тихо спрашивает он.

— Тоска вдруг взяла, — признаюсь ему. — Это пройдёт, вот посплю, отдохну, и пройдёт.

— Нет, любимая моя, — качает головой всё понимающий мой Паша. — Не пройдёт, тебе маму надо. Я помню, как ты тянулась к моей. Если бы они не решили, что знают лучше, всё хорошо было бы. Надень колечко...

— Ты слышал... — понимаю я. — Но может же что угодно случиться, а если...

— Ягу ты такой сама создала, — отвечает он мне. — Надень колечко, давай попробуем.

Вот такой он, мой Паша: всё понимающий даже в четырнадцать лет, без сомнений встающий рядом со мной, без раздумий готовый разделить со мной и жизнь, и сказку, отказываясь от прежней жизни. Может быть, он прав? Вряд ли Яга дала бы мне что-то, что нанесёт вред... Я не знаю... Не знаю, как поступить, хочется просто плакать, плакать без остановки, и всё. Что со мной? Неужели, почувствовав тепло материнских рук, я расклеилась?

Я достаю простое колечко, смотрю на него, опасаясь что-то сделать. Мне и хочется попробовать, и страшно. Не так, как раньше, но страшно за малышек до ужаса. Что делать, я даже и не представляю. Но Паша обнимает меня, уговаривая тихим голосом, и я, кажется, сдаюсь потихоньку.

Я прислушиваюсь к себе, погружаясь в размышления. Хотя кого я обманываю? Ни о чём я не размышляю, я со слезами борюсь. Мне хочется обнять моих маленьких, забывая о том, что у меня тоже могла бы быть такая мама — добрая, понимающая, ласковая. Мне вдруг до воя хочется ещё раз почувствовать, как меня обнимает кто-то, кому не всё равно. Что со мной? Не было же такого раньше! Во мне жила ненависть ко взрослым, а теперь она куда-то исчезла, осталась лишь горечь очередного предательства.

— Давай, милая, — ласково произносит Паша, явно кого-то копируя. — Тебе это очень нужно.

— А вдруг... — начинаю я, но понимаю, что ничего не вдруг.

— Ты просто неизвестности боишься, — объясняет мне Паша то, что я знаю и так. — Если вдруг что не так, у нас парализатор есть.

— Ну, если ты так считаешь... — очень хочется переложить ответственность на Пашу и побыть просто маленькой девочкой, пусть и мамой. — Ой, малышки!

— Малышки спят, — улыбается мне парень. — Я им песенку спел, и они уснули, пока их мама грызла себя в ванной. Так что надо решать.

Я и сама понимаю, что надо решать, но мне и страшно, и как-то не по себе, а в груди разгорается надежда. Ведь сказка жизни не отменяет, а я хоть и мама, но сама же не то, чтобы сильно взрослая, ведь так? Я решаю потереть колечко, как Яга сказала, я уже почти решаюсь, почти-почти...

Она появляется прямо посреди комнаты. Одетая в платье с цветочками женщина выглядит молодой, но не юной. Русая коса свисает чуть ли не до пола, а синие глаза сразу же находят меня и Пашу.

— Машенька и Пашенька, — говорит она глубоким, каким-то грудным голосом. — Молодцы, что решились.

— Машеньке плохо, — объясняет Паша. — Ей мама очень нужна, но...

— Но доверие её предали, — кивает женщина. — Меня Марьей кличут, но вы, если захотите, можете и мамой звать. Иди-ка сюда.

И вдруг оно само получается, что я оказываюсь в объятиях этой женщины. Мне становится как-то очень тепло, спокойно, и я сама себе кажусь совсем маленькой, как Лира или Лика. Пугаться мне почему-то не пугается, только всхлипывается.

— Устала малышка, — вздыхает Марья. — Ты-то ещё этого не почувствовал, а у неё мамы-то и не было никогда. Как только сил хватило на нежность материнскую?

— Ой, а третьей комнаты у нас и нет... — неожиданно вспоминаю я.

— Ну как так нет, — улыбается она мне, взмахнув рукой. — Мы же в сказке, малышка.

И действительно, слева от входной двери обнаруживается ещё одна дверь, которой тут раньше точно не было. Марья улыбается мне, рассказывая, что с готовкой она поможет, с малышками позанимается и со мной тоже. Она говорит мне, что ни я, ни Паша теперь не одни, поэтому хорошим девочкам надо спать идти. И на мой вопрос о хорошести отвечает ровно так же, как я когда-то ответила Лире.

Моя тоска куда-то исчезает, просто испаряясь, как не было её. Я рассказываю Марье о том, что Яга сделала, и женщина одобрительно кивает.

— Правильно, теперь ты можешь привыкать к нему, ничего не опасаясь, — гладит меня по голове улыбающаяся Марья.

— А ты меня не предашь? — смотрю ей в глаза я.

— Никогда, маленькая, — отвечает она мне, и я ей... верю.

Не знаю почему, но мне хочется доверять Марье, как будто она действительно моя настоящая мама. Как будто в самом деле ни за что не предаст. Мне очень хочется ей поверить, и я отпускаю себя. Пусть я поступаю неправильно, но просто надеюсь, если что — Паша спасёт. С такими мыслями иду в кровать, где посапывают наши малышки.

Надо будет проверить: если не начнутся кошмары, то, может, им отдельную кровать придумать? Надо будет завтра с ма... с Марьей поговорить, потому что я не знаю, а у неё, наверное, есть опыт. С такими мыслями я засыпаю рядом с обнимающим меня Пашей. А вот во сне... Нет, мне снятся вовсе не кошмары, но сами по себе сны странные.

Я будто лечу, видя множество разных шариков и догадываясь — это планеты. Некоторые шарики соединены нитями, некоторые нет, при этом я понимаю, что эти нити означают крепкие связи. И среди них Земля будто окружённая тёмным облаком. Нити, звёздные дороги обходят нашу планету, но почему?

— Они даже дали название Испытанию, — слышу я чей-то голос, но не вижу говорящего. — Флуктуация Катова, по имени первого выжившего.

— Но раз за разом, — вторит ему другой голос, — показывают, что доверия не достойны.

Мне кажется, я фильм какой-то смотрю. Разные люди и даже дети попадают в белый вихрь. С ними люди вдруг начинают себя вести так, как им хотелось бы, а не как положено, поэтому уходят все, не в силах пережить очень многое. Я вижу девочку, тянущуюся к маме, но и боящуюся её. Мне, например, понятно, что делать нужно, почему женщина не понимает-то, ведь это её ребенок!

А спокойный голос рассказывает о каждом случае. Оказывается, люди бывало, что умирали, не выдерживая. А вот потом мне показывают совсем другую планету. Девочку с острыми ушками, забившуюся глубоко в дупло, которую пыталась согреть вся планета. Не помышляя о том, чтобы выкинуть или усыпить, её согревали все, а люди... Я начинаю понимать, зачем мне это показывают.

Какая-то высшая сила создаёт эту флуктуацию, испытывая расу, достигшую определённого... как там было... «уровня развития», вот! Так вот, испытывает и потом или пускает туда, где другие разумные кучкуются, или нет. Ну, как-то так я понимаю показанное мне. Получается, все эти поиски разумных, расселение по планетам — оно бессмысленно, пока земляне не пройдут Испытание? А они не пройдут, потому что нужно быть человеком, а не «взрослые лучше знают». Ну, мне так кажется.

Я не знаю, почему мне показали этот сон. Наверное, чтобы я не плакала и не считала себя неправильной? Но я и так не считаю, потому что мы в сказке живём. С этой мыслью я просыпаюсь. Дышать немного трудно, потому что обе доченьки досыпают сверху на маме. Нужно просыпаться, завтрак готовить, хотя, судя по вкусному запаху, уже не нужно. Тихо хихикнув, я приподнимаюсь и падаю обратно — Лира и Лика сразу же обнимают меня.

— Мама, мамочка! А нам такой сон снился! — сразу же принимаются делиться со мной дочки. — Как будто у нас есть бабушка Марья, и она хорошая, представляешь?

— Представляю, лапули, — улыбаюсь я обеим. — А что ещё снилось?

— Ещё мы с горки катались все вместе! — сообщает мне Лира.

— А ещё мы летали, — тихонько добавляет Лика.

— Тогда будем одеваться, — предлагаю я. —

И побежим знакомиться с бабушкой Марьей, которая хорошая.

По-моему, дети сейчас бьют мировой рекорд по скоростному одеванию. Проходит минута, и обе доченьки исчезают из спальни, а я, быстро перелезая в комбинезон, слышу их ликующее:

— Доброе утро, бабушка!

— Доброе утро, малышки, — голос Марьи наполнен добротой. — Вот и мама ваша, — улыбается она мне.

— Доброе утро, — здороваюсь я, принюхиваясь.

— Сырничков сготовила вам, — сообщает мне ма… Марья. — Садитесь-ка к столу.

— А что это такое? — интересуемся мы все трое.

Оказывается, я много чего не пробовала в своей жизни, ну и готовить не всё умею. Подходит Паша. Ма… ладно, мама, так вот, мама садится рядом с малышками и начинает учить их «правильно» есть сырники. Ну и я учусь, потому что это блюдо никогда раньше не ела. Оно невероятно аппетитное, как пироги с творогом, поэтому есть его особенно интересно и невероятно вкусно.

Малышкам очень нравится завтрак, а я, переговариваясь с Пашей, чувствую себя неожиданно цельной и какой-то очень спокойной. У малышек ночью кошмаров не было, у меня тоже, потому что показанный мне сон кошмаром не назовёшь. А ещё я, пожалуй, впервые выспалась. За окошком солнышко, а мне хочется петь, потому что я действительно дома.

Глава семнадцатая

Мы сидим на диване. Прижавшиеся ко мне доченьки, обнимающий нас Паша, ну и Марья, конечно, постепенно становящаяся настоящей мамой, как я себе маму представляла, как мечтала о ней, когда была такой, как доченьки сейчас. Она рассказывает нам о том, что нас ждёт дальше, при этом я вижу: нас не заставляют, выбор есть.

— А откуда здесь всё взялось, ведь не было же раньше? — интересуюсь я.

— Давай начнём сначала, — предлагает мне мама. Она мама уже, потому что я так чувствую. — Вы прилетели сюда. Чего вам хотелось?

— Спрятаться, и чтобы не было взрослых, — припоминаю я. — Чтобы малышки не плакали.

— А нам просто очень страшно было, только с

мамой спокойно, — отвечает за двоих Лира. — Потому что мы почти не говорили же, а Лика дрожала.

— Вы спрятались, — кивает наша новая мама. — Но припомни, доченька, что ты взяла из своего корабля?

— Вещи, припасы, — начинаю я перечислять. — И парализатор ещё, на случай, если дикие звери будут.

— Но не ружьё, — замечает эта волшебная женщина. — Почему?

— Я не смогу никого убить, — качаю я головой. — А если смогу, то не сумею правильно приготовить, а жить можно и без мяса.

— Ты не хотела убивать, — кивает мне мама. — А ещё поздоровалась так, как считала правильным.

— Но *он* же есть, мама! — восклицаю я. — Он нам с ягодами помогал, с грибами, а когда доченьки захворали...

— Ты пришла с добром, и планета ответила добром, — улыбается мне она. — Но ты рассказывала сказки. О Марье-искуснице, Варваре-красе, доброй Бабе Яге, помнишь? В твоих сказках не было зла, зато были люди. Ты сумела своей добротой и верой убедить и малышек, поэтому планета стала такой — появились люди, волшебные создания, все те, о которых ты не говорила, но они проходили Испытание вместе с вами. Ведь ты знаешь, что это такое?

Я киваю, начав рассказывать свой сон. Паша с интересом слушает, наверное, он не знал. Слушают и доченьки мои послушные. Марья кивает, ничего не говоря при этом, она даёт мне возможность понять самой. Я рассказываю и начинаю понимать: ведь она сказала, что наши сказки, наше добро создало всё вокруг. Значит, мы больше не принадлежим людям, и теперь, получается, отсюда?

— Да, — кивает в ответ на мой вопрос мама. — Вы теперь отсюда, вы больше не с Земли. Потому, наверное, и довериться не смогли, что для вас главное — доброе сердце, душа, понимание, а ведь именно в этом суть Испытаний.

— Люди поступают «как лучше», вместо «как правильно», — понимает Паша. — Ну Машенька понятно, а я?

— А ты узнаешь в свое время, — улыбается нам мама. — Я теперь у вас навсегда. Вы, конечно, очень взрослые, но и вам нужно тепло и хоть немного покоя.

— Мы послушные! — возмущается Лика.

— Не от вас покоя, — гладит её Марья. — Внутреннего покоя, когда знаешь, что никто не хочет ударить, понимаешь?

Флуктуация Катова

— Ой... — демонстрируют понимание доченьки.

Мама оборачивается, наклоняется и вдруг, кажется, прямо из воздуха достаёт две куклы, моментально узнанные девочками. Лира и Лика радостно визжат, Паша улыбается.

— Нам эти куклы мамочка сделала! На Новый Год! — объясняет папе Лира. — А Дед Мороз украсил, вот!

— У нас волшебная мама, — Паша очень нежно целует меня куда-то в висок.

Марья пока объясняет и мне, и Паше, что именно сделала Баба Яга и почему. Парень слегка краснеет, я и так уже вся красная, наверное, сижу. Но суть такова. Мне любиться до восемнадцати лет нельзя, потому что опасно рожать, пока маленькая, а презервативов у нас нет. Ну и я ещё маленькая, а после того, как бывший родитель меня бил по лицу и хватал... ну, там хватал, мне любиться трудно будет, поэтому нам нужно друг к другу привыкнуть.

— Интересно, как техника с волшебством соотносится? — хмыкает Паша.

— Вам это в школе расскажут, — отвечает ему Марья. — Тут всё дело в названии, понимаешь?

Вспомнив о школе, мама начинает объяснять, что имеет в виду. Школы у нас разные, ну то есть можно пойти в местную, учиться волшебству, а можно — в какую-то «общую», где, насколько я понимаю, дети из разных миров. Это очень особая школа, о которой мама не может рассказать подробнее, зато точно знает, что нас там не обидят. Наверное, будет очень интересно, тем более... Очень хочется узнать, как устроен мир. Я всегда думала, что волшебство никак не соотносится с техникой и самим миром, но, похоже, я была не совсем права.

— Не очень понимаю, — честно признаётся Паша. — Но если говоришь, что Машеньку и малышек не обидят, то мы вторую выбираем, конечно.

— Машеньку и малышек не обидят, — качает головой наша мама, — ты сам увидишь. Ну а сейчас...

Конечно же, прямо немедленно нас никто в школу не тащит, потому что каникулы. Особенно у нас каникулы — нам нужно отдохнуть, хоть как-нибудь прийти в себя. Так мама говорит, и так я тоже чувствую. Но ещё есть важное дело, которое я считаю, нужно обязательно проделать, потому зову дочек с собой на кухню. Надо отблагодарить Хозяина Леса, пославшего нам Деда Мороза, ну и маму с Пашенькой угостить.

Очень я беспокоюсь о малышках в связи со школой. Мама говорит, их не обидят, но они же могут среагировать. То, что убрался страх, ещё не значит, что не будет никакой реакции на строгость в голосе, а они у меня привыкли быть с мамой. Привыкли видеть меня, прикасаться, хотя вчера вот уснули и сами, но не факт, что так будет всегда. А в школе... Дети разные, учителя тоже, что будет, если девочек моих испугают?

— Мама, а что будет, если малышек испугают? — интересуюсь я, пока доченьки занимаются вместе со мной тестом.

— Не они первые, — вздыхает Марья. — Вы всё увидите, дети. Здесь правильные взрослые, заботливые.

Это немного смущает. Понятие «заботливый чужой взрослый» мною воспринимается с трудом. Впрочем, мама явно понимает, о чём говорит. Либо в школе тоже сказка, либо это нужно просто увидеть. Я доверяю ей и её мнению, поэтому решаю подождать. В конце концов, нас никто не принуждает учиться именно там, мама об этом несколько раз сказала, значит, не нужно бояться раньше времени. Что будет, то будет.

— Ты очень красивая, — сообщает откровенно любующийся мною жених, заставляя смутиться.

Не воспринимаю я слово «муж» ещё. Наверное, это потому, что нам по четырнадцать, так что пока побудет женихом. Ну и «муж» — это не только слово, но и дети, а что нужно для появления детей, я читала. Сейчас это невозможно не только потому, что Яга позаботилась, пока это в принципе для меня сложно. К тому же об этом и мама сказала, так что побудем женихом и невестой, правда, любимый?

Первый школьный день начинается довольно нервно. Лира и Лика смотрят жалобно, чуть не плачут, я уже и не знаю, что предпринять. Мама хмурится, а затем решительно достаёт блюдечко, к которому будто прикреплено небольшое яблоко. Она отходит в сторону, чтобы с кем-то поговорить, а я кормлю моих малышек с ложечки.

Вчера ещё всё было в порядке, а сегодня у нас большие жалобные глаза. Мне самой не по себе оттого, что их нужно оставлять одних, а Лика и Лира совсем падают духом. Я вижу: ещё немного, и начнут плакать. Отставив в сторону кашу, пересаживаюсь к ним, чтобы пообнимать моих хороших. Паша смотрит с некоторым недоумением.

— Мама... Мамочка... — шепчет Лира, а Лика уже и плачет.

— Что случилось, маленькие мои? Что произошло? — расспрашиваю я, но доченьки только плачут, почти ни на что не реагируя.

— Успокаиваемся, — слышу я мамин голос. — Сегодня малышки идут в школу вместе с родителями. Если обещают вести себя тихо, то посидят с мамой на её уроках.

— Мы обещаем! Обещаем! С мамочкой! — наперебой восклицают малышки, прижимаясь ко мне изо всех сил.

— Что случилось? — интересуется жених, с некоторой оторопью рассматривая представшую ему сцену.

— Малышки боятся, — объясняю я ему. — Привыкли быть с мамой, а там неизвестность, понимаешь?

— Понимаю, — кивает Паша, потянувшись погладить дочек. — Значит, поучимся все вместе.

За окном слышится ухающий какой-то звук, сопровождаемый скрипом снега, отчего мне становится любопытно, но встать я пока не могу — доченьки успокаиваются, приходя в себя. Я их глажу, уговаривая доесть завтрак, чтобы в школу успеть.

— Паша, глянь, что там такое? — прошу я жениха.

— Печка за вами приехала, — отвечает Марья. — Сказка же…

Действительно, сказка. Выйдя на порог,

держа доченек за руки, я вижу обычную такую русскую печку, дымящую трубой. Мама показывает мне, как взобраться наверх, что я и делаю, подсаживая малышек, старающихся касаться меня ежеминутно, и это странно на самом деле. Не было же такого уже долгое время, и вот, как будто выключатель повернули, опять страх в глазах дочек. Опять мои маленькие боятся, почему, правда, не понятно.

Мама залезает вслед за нами, удобно усаживаясь, и сразу же печка набирает скорость, тронувшись с места. Мне кажется, мы едем совсем не там, где садились. Куда-то исчезает лес, сменившись полем, мелькают кусты, что меня удивляет — я совсем не узнаю пейзаж, но Марья спокойна, а это значит, что всё в порядке. Наконец печка останавливается. Сначала мне кажется, что она в чистом поле останавливается, только потом я замечаю большое величественное здание.

— Вот и приехали, — произносит мама, вздохнув. — Слазим с печи, топаем за мной. Всё поняли?

— Чего тут не понять? — удивляется Пашка.

— Вот и ладненько, — удовлетворённо кивает наша мама, аккуратно спускаясь.

Мы тоже за ней, но вот передать детей стоящему внизу Пашке не удаётся — дочки вцепляются в меня намертво. Испуганы они отчего-то, я это хорошо вижу, потому раздумываю, не взять ли Лику на руки. Но обеих я не утащу, и мы просто не торопясь идём за мамой. Величественное здание кажется целым дворцом, но затем меняет свой вид на совершенно фантастический — ажурные конструкции, сверкающие на солнце шпили. Я же чувствую, что ещё немного, и доченьки просто упадут.

— Паша, стой! — командую я. — Возьми Лиру на руки, а я Лику.

— Настолько плохо? — интересуется он, с кряхтеньем поднимая довольно тяжёлого ребёнка, а я привычно беру Лику.

Она сразу же обнимает меня и тихонько всхлипывает. Вцепившаяся в Пашку Лира тоже сейчас плакать будет, а обернувшаяся на нас Марья только вздыхает, поднимая руку. С ней рядом сразу же возникает большой сияющий белый круг.

— Вам сюда, — произносит мама. — Ничего не бойтесь, вас там встретят, а я буду ждать тут.

Я киваю и иду к кругу — он явно больше моего роста — чтобы шагнуть внутрь, оказавшись во вполне обычном классе. За мной появляется и Паша. Я опускаю Лику на пол, а она вцепляется в меня, с другой стороны её жест повторяет и Лира. Я присаживаюсь на корточки, целую полные слёз глаза моих девочек и прижимаю к себе обеих.

— Ого... — говорит кто-то. — Вот это да.

— Дети не могут без мамы, — отвечает Паша этому кому-то, кого я не вижу, потому что занята доченьками.

— Учитывая разницу в возрасте, отличились хумансы, — звучит другой голос. — Не надо нас бояться, мы хорошие.

От такой постановки вопроса доченьки удивляются, а я встаю, чтобы посмотреть на того, кто с нами говорит. Вижу в двух шагах от себя девушку в зелёном платье, с удлинённым лицом, зелёными же глазами и острыми ушками, находящимися в постоянном движении. Она ласково смотрит на Лиру и Лику, но ближе не подходит.

— Меня Льира зовут, — представляется она. — Садитесь, урок скоро начнётся.

— Это наша мама! — сообщают доченьки. — А это папа!

— Очень хорошо, — улыбается Льира. — А зовут их как?

— Маша и Паша, — возвращает ей улыбку мой жених. — Дочки сегодня опять боятся, поэтому будут с нами.

— Видимо, есть чего бояться, — вздыхает девушка. — Садитесь.

Я оглядываю класс, замечая, что ученики

здесь разные. С разными цветами кожи, даже с шерстью вижу одного, уши отличаются от наших, носы, зубы. Получается, они не люди все, но разумные. Это очень интересно, особенно непонятно, откуда они. Неужели с тех самых планет, что я во сне видела? Тогда ясно, почему нет людей, кроме нас. Льира показывает, куда мы можем усесться, а Лира и Лика залезают мне на руки, начав с интересом оглядываться. Я их понимаю — очень по-разному выглядят ученики, но разглядывать я их не спешу, потому что, наверное, успею ещё.

Мне тоже немного страшно, но я давлю это чувство, потому что доченьки важнее. Робко оглядывающие класс, но чуть что прячущие лица в маминой одежде, мои малышки такие сейчас милые. Чего же они так испугались? Неужели недолгого расставания? Тогда они учиться не смогут. Возможно, местные учителя что-нибудь придумают, главное, чтобы не пытались заставить, а остальное неважно.

Погрузившись в свои мысли, я не вижу вошедшего в класс учителя, заметив его только после того, как он здоровается. Выглядит учитель вполне обычно, только уши чуть заостренные, на лице улыбка, а глаза... Не вижу их цвет, но мне кажется, что они добрые. Ну, будем надеяться...

Глава восемнадцатая

Учитель внимательно оглядывает нас, мои доченьки теснее прижимаются ко мне, а я обнимаю их, будто закрывая от всего света. Мужчина только вздыхает, видя это, а по классу разносятся шепотки.

— Вы все прошли Испытания, показав свою силу духа и разум, — негромко произносит учитель. — Ваши народы всеми силами старались помочь вам, доказав свою разумность и право находиться среди разумных, — он делает паузу. — По традиции мы рассказываем новеньким, что и почему с ними случилось. Так будет и сегодня.

Лика громка всхлипывает, готовится заплакать и Лира, но я зацеловываю их, успокаивая моих малышек. Я хочу сказать, попросить, чтобы не показывали их историю, но учитель не даёт мне этого сделать.

— Младшие девочки не были частью Испытания, да и пережили нечто ужасное, — продолжает он. — Поэтому мы не будем показывать, как двоих детей предала собственная мать.

— Ка-а-ак?! — поражённо восклицает Льира, ошарашенно глядя на нас. Я поднимаю взгляд, заметив, что глаза необычной девушки полны слёз. — Да если бы не мама, я бы...

— Вы бы погибли, — соглашается с ней учитель. — Здесь же было совсем иначе... давайте посмотрим на экран.

Прямо в воздухе рядом с ним разгорается большой прямоугольник, в котором видна внутренность бота. Паши рядом нет, значит, показывают самый первый раз. Учитель в это время рассказывает, что парень к тому времени погиб, своей жизнью выкупив жизнь для нас.

— А т-ты т-теп-перь бу-бу-будешь н-нашей ма-мамой? — сильно заикающаяся девочка смотрит на девушку, в которой я с огромным трудом узнаю себя.

На мой ответ класс реагирует очень одобрительно, но на этом ничего не заканчивается. Посадка бота и краткий экскурс в то, как три девочки начали жить в сказке, заставляет наших одноклассников просто замереть, приоткрыв

Владарг Дельсат

рты. Они словно не верят тому, что видят, как будто это и невозможно совсем.

— Учитель, — медленно произносит незнакомая мне пока девушка без волос и с ярко-зелёной кожей. — Получается, они изменили Зеркало?

— Они дали жизнь Зеркалу, — кивает мужчина. — Теперь там планета сказок, но к этому мы вернёмся позже. Итак, Испытание они прошли, вернувшись в «нормальный» мир. Льира, вы помните, как к вам отнеслись?

— Да, — кивает девушка. — Мамочка сразу поняла, что со мной, и отогрела. А они?

— А у них… — учитель вздыхает. — Родители девушки оставили её без поддержки, а парень просто встал рядом, защищая от всех.

— Погодите, — останавливает его какой-то парень, похожий на груду мышц. — Вы говорите, «защищая»? Там нужно было защищать?

На экране картина — я с Ликой на руках, цепляющаяся за меня Лира и наседающая на нас недомать. Паша, закрывший меня от всех, я, успокаивающая малышек. Одноклассники смотрят на это, будто потеряв дар речи, они, похоже, не верят своим глазам, а я понимаю: Паша нас тогда спас. Экран показывает и рубку корабля, и как именно записывалась та самая трансляция, жесты и сигналы, которыми обменивались взрослые... Доклад о спасботе и приказ расстрелять его издали. Мы, оказывается, очень многого не знали, а нас обманывали, просто с самого начала обманывали.

— Их хотели усыпить... — задумчиво произносит Льира. — Что-то сделать с памятью — и что?

— Смотрите, — коротко отвечает учитель, а я плачу.

Я просто плачу от картин того, что задумали сделать со всеми нами четырьмя. Учитывая, что вариант выпнуть меня на спасботе обсуждался, разговаривать было уже не о чем. Люди на корабле считали, что флуктуацию прошла только я, а дети и не вспомнят. Они совсем ничего не поняли, и от этого мне так горько, просто не сказать как.

— Не плачь, мамочка, — просит меня Лира.

В классе настолько тихо, что её слова слышны всем. И, оглянувшись, я вижу понимание в глазах разумных. Выглядящих очень по-разному, но, без сомнения, разумных, в отличие от людей. Я понимаю, что хочет нам сказать учитель: разум вовсе не в конструировании космических кораблей.

Испытания для рас начинаются, когда они достигают определённого уровня развития. Например, прыжковый гиперпространственный двигатель — это и есть уровень развития, вот только, чтобы действительно развиваться, нужно обладать разумом. Именно поэтому, кажется, само мироздание испытывает, давая возможность доказать свою разумность. Паша, я и малышки доказали, а вот люди... Люди — нет.

Этот урок нужен действительно именно нам, Паше, малышкам, мне, чтобы понять, и мы, кажется, понимаем. Самый большой юмор ситуации в том, что мы представляем отнюдь не землян, а планету сказок. Ту сказку, которую создали силой своего разума, в которой живём, которая подарила нам маму. Настоящую. Она не предаст. Вот эта планета теперь член межзвёздного сообщества, а землянам учиться ещё долго. По крайней мере, мне так кажется.

— А теперь пусть девочки скажут, чего они боятся, — просит учитель.

— Что мамочка пропадёт, — честно отвечает Лира. — А Лика — что нас побьют.

— Что значит, «побьют»? — ошарашенно спрашивает Лльира. — Вы же маленькие!

— Мама, покажи ей, — просит меня Лика, но я просто не знаю как. Да и страшно, мало ли как дочка отреагирует?

— Лльира, подойдите к экрану, — произносит учитель. — Это увидите только вы.

Пожав плечами, девушка подходит, почти сливаясь с экраном. Её глаза вдруг расширяются, они становятся всё больше, как будто их надувают, и тут Льира, громко вскрикнув, падает на пол. Рядом с ней прямо из воздуха возникает какая-то женщина. Она качает головой и делает замысловатый жест рукой, от которого девушка сразу же открывает полные ужаса глаза.

— Кого рассматривала? — интересуется неизвестная мне женщина.

— Малышек, — тихо отвечает Льира, показав глазами на нас. — Они... Как только выжили?

— У них была их мама, — отвечает ей женщина. — Но о малышках мы позже поговорим.

Оказывается, это докторша школьная, потому что с прошедшими Испытание иногда очень сложно, а мы все из разных миров. У нас разные взгляды, разные истории, разные реакции. От этого бывают проблемы и со здоровьем, хотя всех стараются излечить ещё при поступлении в школу. Вот Льира упала в обморок, потому что просто не смогла перенести того, что увидела, а сколько разных историй нас ещё ждет!

— Ваша история пока самая жестокая, дети, — вздыхает врач, которая здесь называется исцелительницей. — И, пожалуй, самая страшная. Но мы подумаем, как вам помочь.

Проблема дочек оказывается очень серьёзной — они не могут быть спокойными без меня. Вмиг начинают плакать даже просто от угрозы расставания. Такая ситуация у школы впервые, поэтому готового решения у них и нет. Когда нам это объясняют, я предлагаю свой вариант:

— Давайте я с ними буду сидеть на уроках, а мне Паша потом всё расскажет, — говорю учителю. — Иначе они будут плакать, а с ними и все остальные дети.

— Давайте вы попробуете посидеть на уроках, — кивает мне учитель, — а после они посидят с вами.

— Как это? — не понимаю я.

— Мы все здесь разумные существа, — объясняет мне он. — Ваши друзья согласятся немного сместить уроки, чтобы начинать их позже.

— Конечно, согласимся! — восклицает тот парень, что на груду мышц, сваленных в одну кучу, похож. — Маленьким же плохо без мамы! Кто знает, что было бы с нами, если бы не родные! А у них была только она... Это же... Непредставимо!

Я смотрю на разумных со всех уголков Вселенной, собранных в этом классе, и вижу в их глазах понимание, поддержку, даже ласку... Я вижу это и плачу. Потому что удержать такие эмоции в себе просто не могу. Они понимают моих малышек, даже очень. Встают со своих мест, подходят поздороваться и сказать слова поддержки двоим девочкам, чья мама просто не может справиться с эмоциями. Почему, почему они такие? Ну почему?

— Потому что мы разумные, — отвечает на мой невысказанный вопрос какая-то девочка с короткой серой шёрсткой по всему телу. — Мы умеем чувствовать, сопереживать и отлично понимаем, что для двух совсем малышек значит быть с мамой.

Паша пытается меня успокоить, но куда там... Так, вся в слезах, я веду моих доченек на их первый урок. Они цепляются за меня и, только пока прикасаются ко мне, ничего не боятся. Я это очень хорошо вижу, понимая, что другие ощущают то же самое, поэтому никто не хочет мучить двоих девочек. Так нас и встречает новый класс. Но вот другие дети сначала ошарашенно смотрят на Лику и Лиру, а потом просто толпой бросаются к ним. При этом мои доченьки ничуть не пугаются, но категорически не хотят от меня отходить.

— Не помогла терапия? — интересуется женский голос откуда-то сзади.

— Помогла, но... — я оборачиваюсь, чтобы увидеть странное существо, более всего похожее на медведя, как их на картинках изображали. — Стоит появиться угрозе того, что я далеко, и...

— Мамочка нас разговаривать учила, — объясняет кому-то Лика. — И меня ходить ещё, и лечила, и...

— Вы из хумансов, — с нотками понимания в голосе произносит эта медведица. — Самоназвание «люди», правильно?

— Правильно, — киваю я, настораживаясь. — Одну минутку.

Я присаживаюсь рядом с моими девочками, отмечая бледность Лики. Доченька стоит как-то неуверенно, она будто хочет потерять сознание, и это меня пугает. Я поднимаю голову, находя глазами медведицу.

— Можно нам врача позвать? — интересуюсь я. — Ну, исцелительницу. Пожалуйста!

— Просто мысленно позовите, — совсем по-человечески вздыхает она, а в следующее мгновение всё вокруг меня вдруг плывет, становится нереальным, и гаснет свет.

— И что вы предлагаете? — интересуется незнакомый голос, когда я открываю глаза.

— Перестройку организма малышек, — отвечает ему уже слышанная мной исцелительница. — Технология мира Таргор. Они станут примерно годовалыми, начнут свой путь заново. У них же планета сказок? Будут оставаться с бабушкой без страха, пока родители на уроках.

— Что происходит? — слабым голосом интересуюсь я. — Что с доченьками?

— Спят они, — слышу я вздох. Передо мной появляется исцелительница. — У вас мир сказок, девочки приняли вас настоящей мамой, дальше объяснять?

— Объясните, пожалуйста, — прошу её, немного успокоившись.

Я не сразу понимаю, что мне объясняют, потому что очень уж это невероятно, но получается, что доченьки так хотели, чтобы я была настоящей мамой, что связали какие-то «энергетические структуры», что это такое я, правда, не знаю. И вот тут начались проблемы, потому что я их на семь лет всего старше и ещё сама ребенок, а они из меня вытянули энергию, когда перепугались. А перепугались они из-за моей бледной моськи, которая стала бледной, потому что побледнела Лика. В общем, получился замкнутый круг. Но суть проблемы именно в том, что я слишком маленькая для того, чтобы быть мамой. А близняшки без меня не выживут. Поэтому мне хотят предложить изменить тела малышек по какой-то технологии — опять непонятной, кстати, чтобы моей структуры хватало и чтобы Паша тоже мог поддерживать. Я же в ответ прошу позвать маму. Не понимаю я ничего, а как она скажет, так, наверное, и правильно будет.

— Вам это будут на уроках рассказывать, — вздыхает исцелительница. — Между мамой и ребёнком обычно есть связь. Эту связь считают духовной, но кроме духовности в ней есть и кое-что ещё, что позволяет маме почувствовать, когда с ребёнком плохо. Между тобой и малышками возникла такая связь, но ты ещё сама...

— Я знаю, — киваю ей. — А где Паша?

— С детьми сидит, — улыбаясь, отвечает мне женщина. — Так вот, в одном из миров есть технология, позволяющая сделать твоих детей младше. Тогда у них будет счастливое детство с самого начала, а твой организм успеет адаптироваться.

Вот тут я задумываюсь. Если Лика и Лира станут маленькими, они не будут так бояться, это точно. У них пойдёт новая жизнь почти с самого рождения, и никаких предательств. Пока мы в школе, с ними сможет и мама посидеть, а... Надо послушать, что скажет мама, и спросить моих малышек. Ничего без их согласия я делать не буду. Совсем ничего не буду, потому что это неправильно. Поэтому я решаю подождать маму, а пока немного поспать, потому что слабость накатывает.

Внимательно выслушавшая исцелительницу Марья на некоторое время задумывается, но в ответ говорит ровно то же, о чём думаю и я.

— Надо спросить мнение малышек, — уверенно произносит она, и я начинаю улыбаться.

Мама — настоящая, самая-самая настоящая, потому что она и думает, как настоящая мамочка, одной фразой всё-всё мне доказав. Только действительно мама будет интересоваться мнением ребёнка, понимая, насколько это важно. Значит, Марья осознаёт, как это ценно для всех нас, и я могу ей полностью доверять. Я и так ей доверяла же, но сейчас…

Глава девятнадцатая

— Энергетическая структура любого разумного существа является неотъемлемой частью его организма. У существ, имеющих разум, эта структура... — лекция течёт своим чередом, я записываю, предвкушая тот момент, когда вернусь домой к моим двух солнышкам.

Разумеется, Лика и Лира согласились. Они так обрадовались возможности стать снова малышками, что даже не пришлось ничего объяснять. Хотя аргументация «мама сможет нас обеих на ручки брать» позабавила всех. Но они согласились, и спустя несколько дней были выданы маме в виде малышей, ещё не умеющих ни говорить, ни ходить.

Именно поэтому днём с ними наша мама, а

потом мы возвращаемся из школы, чтобы кормить, менять подгузники, играть и разговаривать с малышками. Уже полгода минуло, и мы с Пашей втянулись, можно сказать. Теперь я, пожалуй, могу назвать его мужем. Паша действительно очень хороший папа, я была права тогда, когда-то очень давно, будто в другой жизни. И доченьки любят его, ну и меня, конечно. Доченьки же, как иначе-то?

— Для общения с расами, разумность которых по той или иной причине установить не представляется возможным, разработан... — продолжает учитель.

Оказывается, можно и мысли читать, не всегда, конечно. Только с детьми, с пациентами у исцелителей, ну и у патрульных с расами сравнительной разумности. Существуют, конечно, жёсткие ограничения, но, тем не менее... За это время, кстати, нам удалось выяснить, что такое наша планета сказки.

Планеты-зеркала не так уж и редки. По легенде, их создал ленивый демиург, решив, что планета станет такой, какой её увидит разумный. Так это или нет, неизвестно, но факт остаётся фактом: сделанное нами считается чудом, потому что мы вкладывали свою любовь и доброту, не испытывая страха. Почему у нас получилось, почему планета стала самостоятельной и изменила свою энергетическую структуру так, что получилось волшебство, никто объяснить не может, да и вряд ли будет. Так что и Баба Яга, и Дед Мороз — это всё самая что ни на есть реальная реальность.

— Таким образом, энергетическая структура разумного соответствует структуре родной планеты, — заканчивает лекцию учитель. — Пока нам известен только один случай, когда это истине не соответствует.

Ну да, наш случай, потому что наша структура соответствует планете сказок, а не Земле. Надо будет как-нибудь в симуляционную зайти, попытаться поиграть вариантами. Мне очень интересно знать, что было бы в том или ином случае. Хочется попробовать просто увидеть, что меня бы ждало, не случись всего того, что случилось. Паше, конечно, тоже интересно, а у меня от него секретов нет.

Школа, кстати, очень интересно устроена. Здесь есть уроки, где даются как общие для всех знания, так и специальные. Математика у всех одна и та же, физика энергий тоже, а вот частные случаи той или иной физики на каждой планете свои. То же касается географии, языков... Языки, например, как и навыки грамотности на том или ином уровне, можно получить отдельно, тратить время жизни на них без надобности. На планетах мира Акарак существуют такие шлемы — надеваешь, вставляешь кристалл и имеешь знание языка. В общем-то, любые знания так можно получить, но учителя не советуют, потому что это не слишком полезно.

Есть в школе и специальные комнаты, в них можно воссоздать любую ситуацию, обстановку, поэкспериментировать... даже совсем фантастические вещи можно попробовать пощупать. Вот и мне интересно, что было бы, если...

— Ближайший час у вас на симуляции, — сообщает учитель. — Затем урок с новенькими, а потом домой. Маша, для вас зарезервирована комната три.

— Ой, спасибо! — эта новость очень радует меня.

— Я же вижу, вам это нужно, — улыбается он мне. — Так что пробуйте, но не забудьте принять успокоительный сбор.

— Конечно, — киваю я, благодарная за такую заботу.

Успокоительный сбор — это три листочка растения с Варгута. Их надо разжевать, и два часа буду спокойной, как кирпич. Видимо, учитель всё понял, поэтому даёт нам возможность проверить свои идеи. У меня прямо свербит — так хочется узнать. Поэтому к комнате

Владарг Дельсат

три я направляюсь чуть ли не бегом, за мной поспевает Пашка.

— Только малышек исключи из симуляции, а то комнату не восстановим, — просит он меня. — Параметры по считке?

— Да, пожалуй, — киваю я, направляясь к пульту.

Управление тут мысленное, поэтому я подключаю к вискам сенсоры и как можно подробнее вспоминаю. Как нас пугали, как нагнетали и как мы стояли перед страшной дверью. Вот та самая сцена, когда меня заставляют снять бельё, затем укладывают и фиксируют. Глядя на то, что делает куратор, я радуюсь, что успокоительное такое мощное: он сначала проводит рукой, где нельзя, обещая лежащей девушке массу ощущений, а потом размахивается, чтобы с силой опустить ту самую чёрную штуку. Дикий крик прорезает комнату, и я даю команду прокрутить на самый конец. Картинка меняется. Тело девушки стекает на пол, смотреть на это мне не хочется, но для меня важно узнать, чем бы всё закончилось, если бы Паша не успел.

— Притворяется? — интересуется бывшая родительница, а куратор что-то делает с телом.

— Мертва, — звучит приговором.

— Ты спас мне жизнь в первый раз, — констатирую я факт. Я это и так знала, но убедиться хотелось.

— А что было бы во второй? — интересуется обнявший меня Паша.

Он отлично понимает, что в первый раз он замкнул контакты своим телом, что стоило ему жизни, но спас и меня, и малышек. По-моему, это его и не трогает даже. Я вздыхаю и ввожу параметры второго раза, потому что в первый просто не выдержало сердце — били со всей дури, а там и до шока недалеко, да и ожидание насилия... В общем, понятно всё.

Перед нами появляется бот. Докторша делает мне укол, а когда я падаю под визг девочек, Пашин отец бьёт его в лицо, отталкивая от меня. Визг вдруг прерывается, а у меня уходит земля из-под ног, когда я вижу позу, в которой лежат доченьки. На этот раз сердечки не выдерживают уже у них, но им помочь даже не пытаются — просто бросают на пол. Паша шокирован, я тоже, поэтому проверяю индикатор достоверности.

— Девяносто процентов, Паша, — я оглядываюсь на него, понимая, что ещё немного, и не выдержит даже успокоительное. — А я... Как только очнулась, понятно...

— Я не понимаю, — признаётся мне Паша. — Зачем?

— Может быть, помутнение рассудка? —

робко интересуюсь я, понимая, что Пашина мама просто хотела сына обратно, и всё.

— Сдохли и сдохли, главное, чтобы Пашенька был счастлив, — из неотключённой симуляции доносится голос его матери.

— Паша, когда мы с ними встретимся, то проверим, — мой голос спокоен, но внутри буря. — Они ограниченно разумные, а нам надо знать точно.

— Да, любимая, — кивает он.

Я задумываюсь... Не может же человек так поступить! Или... может?

Я продолжаю играть с симуляцией и вероятностями, пока, наконец, не нащупываю тот единственный вариант, в котором всё хорошо. Но, глядя на него, понимаю — он невозможен. Ведь для него нужно, чтобы у людей на корабле самой большой ценностью были дети. Не на словах, на деле.

Новенькие навскидку похожи на котят. Они робко входят в класс, оглядываясь, но, увидев улыбки, несмело улыбаются в ответ. Треугольные ушки, прижатые доселе к голове, распрямляются, придавая их кошачьим чертам лица дополнительное очарование.

— Привет! — здороваюсь я. — Проходите, садитесь, вам здесь не причинят вреда.

— Бить не будут? — тихо спрашивает второй котёнок, и я понимаю, что это девочка, поэтому медленно приближаюсь к ней и обнимаю, не удержавшись.

Я просто чувствую, что ей это очень надо, поэтому обнимаю, глажу её по голове и стараюсь просто укрыть, как укрываю своих детей. Она сначала напрягается, а потом приникает ко мне, сразу же начав плакать. И вот в этот момент я понимаю: она же маленькая ещё, зачем её сюда? Второй котёнок смотрит с затаённой завистью, тоже немедленно попадая в мои руки.

— Мама... — шепчет плачущая девочка. — Мамочка... Мама...

— Судьба тебе такая, — сообщает мне Паша. — Будешь у нас мамой.

— Пашенька, они же маленькие, ты только посмотри, — отвечаю я ему.

И действительно, только что казавшиеся такими взрослыми, двое котят едва достают мне до пояса. Они плачут, а я чувствую, как между нами создается связь. Нас научили такое чувствовать, даже тренировки были. Эти двое котят плачут уже бесконтрольно, не в силах сдержаться, поэтому я беру девочку на руки. Она совсем лёгкая, гораздо легче, чем должна быть, муж мой, понятливо кивнув, поднимает с пола и второго, прижимая к себе.

— Вот и хорошо, — удовлетворённо кивает учитель, входя в класс. — Эти двое потеряли всех. Их планеты больше нет, а мама погибла у них на глазах.

Меня ужасают эти слова, поэтому я прижимаю девочку к себе сильнее, а она вцепляется в меня, как Лика. Учителю не нужно договаривать, нам рассказывали о таких случаях... Раса этих котят по неизвестной для меня пока причине была уничтожена. Потом узнаем почему. Двое детей оказались совсем одинокими, были обнаружены патрульными и переданы сначала в школу. Затем им полагалось бы подобрать семью, но случилось то, что случилось. Я чувствую эту девочку, теперь она моя дочка, а её братик — сыночек. Я уже обоих чувствую, что совсем не сюрприз.

— Учитель, нам домой надо, — информирую я, пытаясь понять, почему котята будто ещё уменьшились.

— Им два тиакана, Маша, — отвечает учитель на незаданный вопрос. — По-вашему это что-то около года-полутора. Они стали визуально взрослыми, но это была только иллюзия, защитная способность их расы.

— То есть они совсем малыши? — поражаюсь я. — Нам срочно домой нужно! Покормить, с сёстрами познакомить.

— Маму озадачить, — добавляет Паша. — И будет у нас четверо.

— Потом пошутишь, — я вздыхаю, шагая в сияющее кольцо прямого перехода. — Хорошо, что у нас лето.

— Не то слово, — соглашается Пашка.

Ну вот теперь мне предстоит порадовать маму и понять, что это вообще было. Я верю учителю, но так просто не бывает. Либо это какое-то испытание специально для нас, либо учитель заранее знал, но как? Или же это так называемые «родственные души»? Как-то всё запутано в нашей жизни, просто ужас, но котята стали малышами, и при этом я понимаю, что это не окончательная их форма.

— Па-а-аша! — восклицаю я, когда до меня доходит, о чём я только что подумала. — Это полиморфы! Помнишь, нам рассказывали?

— Полиморфы... — задумчиво произносит муж, а потом кивает. — Тогда всё правильно. Действительно, ни к кому, кроме нас, они не притянутся, ведь мы с планеты сказок!

Ой... Он прав, на самом деле. Мы же сами уже, можно сказать, сказочные персонажи. Кроме того, полиморфы могут становиться визуально взрослее, даже значительно. Правда, на недолгое время, при превышении которого они умирают Нам о них совсем недавно рассказывали. Только если бы погибла целая раса полиморфов — вся галактика бы гудела, а так тишина. Неужели наши могли не определить?

— Мама! — зову я. — А где наши доченьки? А кто пойдёт смотреть на сестричку с братиком?

— Я тоже сестричка, — характерно нечётко поправляет меня второй котёнок.

— Хорошо, — киваю я. — А ну-ка, малыши, знакомиться!

— Ничего себе... — негромко произносит Марья. — Это же атигоны, они смертельно опасны!

— Ну, сейчас это наши уже котята, видишь? — интересуюсь я.

— Вижу, — кивает наша мама. — Ну тогда давай всех кормить.

Атигоны известны давно. Это раса полиморфов, умеющих мимикрировать под кого угодно, при этом взрослые особи опасны для всех, потому что часто не обладают разумом. Однако эти двое пока вполне разумны, а ко мне уже привязались. Пока они дети, будут моими детьми, а вырастут — там и посмотрим, но учителю я, конечно, выскажу. Сначала покормлю малышей, сказку им расскажу, всем четверым, песенку спою и спать уложу, им надо.

Нам бы тоже надо, но хочется просто посидеть летним вечером у дома, посмотреть в небо, подумать о чём-нибудь отвлечённом. Дом, наверное, увеличивать придется, всё-таки четверо детей... Они все дети, мои дети, связанные уже со мной, а я ни за что и никогда не предам своего ребёнка, что бы о нём ни говорили. Ну и что, что раса считается опасной и нетерпимой к чужим... Стоп, но они же полиморфы, такого просто не может быть! То есть у нас ещё одна интересная загадка. Будем отгадывать, куда денемся.

— Пошли кормить табор, — хихикает Пашка.

Я его могу понять — папа четверых малышек в пятнадцать лет, кому рассказать... Я киваю и поднимаюсь на ноги, предполагая, что сейчас будет. Зайдя на кухню, задумываюсь на некоторое время, а затем выставляю стулья детей по кругу, чтобы кормить всех одновременно. По-моему, это будет наилучшей идеей.

На ужин у них каша, мама приготовила. Поэтому сейчас начнем кормить, вот Паша деток рассадит, и буду кормить всех по очереди. Надеюсь, не передерутся, а передерутся, ай-яй-яй скажу. Надо посмотреть на новеньких и спросить, как их зовут. Ну да это не проблема, проблема будет, если они «фр-р-р-р» устроят, ну как дети умеют, разбрасывая еду по всей кухне и родителям.

Ну вот и расселись мои хорошие. Котят внешне уже от Лиры и Лики не отличить — сидят передо мной четверо близняшек, только вот котята бывшие с затаённым страхом смотрят. Ничего, малыши, отогрею я вас. Вздохнув, начинаю:

— Сорока-ворона кашу варила, деток кормила...

Глава двадцатая

Имён котят узнать не удаётся, поэтому я решаю назвать их сама. Покормив в очередной раз всех по кругу, делаю знак Паше не дёргаться, а так же, как и кормила, начинаю называть. Мои-то свои имена знают, потому не удивляются, но новые доченьки принимают имена тоже как-то быстро, будто всегда так назывались.

— Лира, — доченька улыбается, тыкая в себя пальчиком.

— Лика, — и второе мое солнышко повторяет жест сестры.

— Лия, — новая моя лапушка уверенно тыкает себя пальчиком куда-то в животик.

— Лиля, — и вот четвёртая моя доченька

повторяет жест, солнечно, как только и умеют дети, заулыбавшись.

А я обнимаю их четверых, прижимая к себе, и будто закутываю в своё_тепло. Любимые мои доченьки, самые-самые. Они чувствуют это и замирают в маминых объятиях. Марья смотрит с улыбкой, согласно покачивая головой. Мамочка очень хорошо видит — это мои доченьки, все четверо. И пусть мне всего пятнадцать, но я такая счастливая!

— А теперь доченьки отправятся в манеж играть, — улыбаюсь я, отпуская малышек. — Играть и не ссориться, потому что я вас всех очень люблю, а потом и ходить учиться будем, согласны?

— Ма-ма... — произносит Лия, а за ней также повторяют все остальные.

— Вот и первое слово, — улыбается Пашка. — Самое главное слово.

— Помогай давай, — хихикаю я, беря на руки Лиру и Лию. — В манеж посадим и пусть играют.

Мы перетаскиваем малышек в манеж и, сев так, чтобы видеть, как они играют, принимаемся чаёвничать. Мама разливает душистый чай по чашкам, я раскладываю пирожки и пряники по тарелкам — очень мне нравятся эти сладости, кстати. А затем начинаю рассказывать, что в школе было.

— Кстати, Паш... — я не знаю, как сформулировать, чтобы случайно не обидеть. У меня-то от него секретов нет, но...

— Спрашивай, любимая, — по-доброму улыбается он мне.

— Ну, мы сегодня в симуляции много чего видели, и достоверность там высокая... — начинаю я, пытаясь смягчить вопрос. — Но ты-то очень хороший, добрый, честный...

— Ты хочешь спросить, как так вышло? — уточняет он у меня и продолжает, увидев мой благодарный кивок. — Во всем виноваты книги. Родителям некогда было мной заниматься, друзей у меня особо и не было, зато было видео на планшете и много старых книг. Можно сказать, они меня и воспитали, что потом в школе аукнулось, конечно.

— Травили, да? — понимаю я, потянувшись, чтобы обнять мужа. — Ничего, им же хуже...

— Да, это точно, — кивает он. — Допивай и пойдём наших солнышек учить ходить.

Это он прав, хотя «учить ходить» — это пока слишком громко сказано. Для каждой малышки у нас есть по тележке специальной, куда можно посадить, и пусть бегает. Я всё думала, зачем Паша настоял на двойном резервировании, а оно вона как получилось. Муж, получается, всё заранее учёл, а это уже очень хорошо.

Пересаживая доченек, я не удерживаюсь и обнимаю каждую. Им это очень нравится, потому что дети же маленькие. О том, что котята относятся к опасным существам, я себе думать запрещаю. Это мои дети, точка. Поэтому мы весь вечер возимся с доченьками, а потом настаёт пора спать их укладывать. Что-то мне подсказывает, что сон Лили и Лии может быть беспокойным, поэтому малышек укладываем на кровати рядом с нашей. Так мы сможем вовремя отреагировать, если что.

Я пою колыбельную моим доченькам, при этом Лия и Лиля слушают, открыв рот, а вот их сестрички послушно засыпают. Получив ласку на ночь, закрывают глазки и новые мои доченьки, а вот я не сплю — есть у меня ощущение, что, возможно, приснится им сон не самый приятный. Несмотря на то, что они одинаковые, но я их легко различаю, а вот папке нашему нелегко, конечно.

Проходит с полчаса, когда начинает плакать Лия. Правда, делает она это очень тихо, как будто маленький щеночек скулит, но быстро успокаивается, оказавшись в моих руках. Я её покачиваю, тихо рассказывая, какая она лапочка, как её мама любит, и папа любит, и бабушка тоже. Потому что она очень хорошая девочка. Сначала Лия будто и не верит, а затем засыпает с детской своей улыбкой.

Лиля плачет уже ближе к утру, поэтому на неё реагирует Пашка, а потом уже просыпаюсь и я. Доченька немного ошарашенно слушает папин голос, рассказывающий ей, какое она волшебное чудо. Так она и засыпает, а мне кажется, что кошмаров больше не будет — нам поверили и нам доверились. Я наконец засыпаю, рядом сопит и муж мой любимый, а утром нас никто не будит.

Любимые доченьки дают родителям поспать, отправившись в поход к бабушке. На четвереньках, чем, как потом оказывается, немало её веселят. А мы просыпаемся от вкусных запахов, быстро встаём, чтобы увидеть уже покормленных, счастливо улыбающихся доченек. Все четверо выглядят очень счастливыми, они готовы к новым свершениям, поэтому сегодня нам совершенно точно будет чем заняться.

— Мамочка, а давай детей на улицу выведем? — предлагаю я. — Им же солнышко полезно?

— Полезно, — соглашается наша мама. — Игрушек раздадим, и пусть играют.

На улице бушует лето, что позволяет нам не кутать дочек, а просто в трусиках рассадить прямо на травке. Книгу, в которой было написано, что малышей без белья нехорошо на улице оставлять, я помню, поэтому одежды на них минимум, но она есть.

Малышки играют, я смотрю в голубое небо, попивая кисленький морс, когда слышу хорошо знакомый голос:

— О, я вижу, у вас прибавление? — удивляется Баба Яга. — И кто же тут у нас такой милый?

Она будто и не смотрит на меня, а общается с нашими прелестями, две из которых добрую бабушку, разумеется, узнают. Доченьки совсем как вчера тычут в себя пальчиками, называя данное нами имя. Яга по-доброму улыбается, затем только подойдя к нам, ну то есть ко мне и маме, потому что муж бдит. За доченьками следит он внимательно.

— Поздорову, матушка, — здоровается Марья, рассказывая, почему теперь деточек четверо.

Яга кивает, с улыбкой поглядывая на малышек да на нас. Я вижу — она одобряет всё, что мы сделали. От этого на душе становится как-то очень легко, потому что мнение Яги дорогого стоит.

— Потом принесу отвар целебный, — говорит мне Яга. — Напоишь доченек, оставят их сны.

— Благодарю, — улыбаюсь я и сразу же сдаю Марью. — А мамочка считает, что они будут форму менять. Ну, они же полиморфы?

— Эх, Марья, — качает головой бабушка, — ещё учить тебя и учить...

Оказывается, оттого, что я доченек так сильно люблю, они останутся в этой форме, ну а то, что я их люблю — непреложный факт, видный любому. Я улыбаюсь от этих новостей, ведь Яга подтверждает — у меня четыре доченьки. Просто все они мои доченьки. И этот факт заставляет меня счастливо улыбаться.

— Строго говоря, атигоны даже не полиморфы, а адаптанты, — старательно изобразив нудные интонации, заявляет Льира, но не выдерживает и хихикает.

— А что это такое? — не понимаю я.

— Они адаптируются к приёмным родителям, — объясняет мне девушка. — Их биологические родители всегда гибнут во время родов, потому что... хм...

— Почему? — переспрашиваю я.

— У них традиции такие, — объясняет мне Льира. — Они отказываются от медицинской помощи, поэтому мать гибнет, а отец умирает от горя. Но вот принятые в другую семью, они переходят в расу новых родителей... Или убивают их.

— А с чем это связано? — интересуется сразу напрягшийся Пашка.

— С тем, что не каждый может полюбить чужого ребёнка, — подошедшего сзади учителя я сразу и не замечаю. — Поэтому рано или поздно... Но вы — совсем другой случай.

— Вы знали, — понимаю я, но ничуть не сержусь, поэтому просто улыбаюсь. — Спасибо.

— За что? — удивляется Льира, а учитель только улыбается.

— Мне таких солнышек подарили! — произношу я и начинаю рассказывать о детях. — Ты представляешь, Лия разговаривает! Сразу начала, а вот Лика отстаёт, зато они...

Девушка ошарашенно меня слушает, косясь на широко улыбающегося нашего учителя, а я рассказываю ей о своих лапушках. О том, как они улыбаются маме, как ползают, как смеются. Я говорю ей о каждой моей очень любимой доченьке, и до Льиры, кажется, доходит. Она вдруг склоняется передо мной в поклоне, отчего я осекаюсь.

— Ты чего? — удивляюсь я, шагнув вперёд, чтобы обнять её.

— Таких, как ты, у нас называют Великая Мать, — объясняет мне выпрямившаяся девушка. — Учитель точно знал, этого не скроешь.

— Знал, конечно, — кивает мужчина. — Это было единственным шансом малышей, так что всё получилось правильно. Пойдём-ка на урок.

Меня удивляет реакция девушки, потому что для меня же это обычное дело! Это же дети! Как можно не принять, не полюбить ребёнка? Но искреннее уважение в глазах Ллыры... Значит, для кого-то это чудо? Тогда понятно, почему малышей считали опасными: если ребёнка не любить, то и он любить не научится.

Уроки идут своим чередом, а мои мысли с малышами. Очень хочется оказаться рядом с ними, заобнимать каждую, показать, как их любят и как они важны. Мне кажется, учитель понимает меня, мягко, по-доброму улыбаясь. Он меняет ход урока, сокращая его, за что я ему искренне благодарна.

— Учитель, — обращается к нему тот самый парень, похожий на сваленные в кучу мышцы. Это Кхрак, он с планеты Дуобра, у них сила тяжести в пять раз выше земной, поэтому, наверное, он так и выглядит. — Давайте мы изучим материал самостоятельно, ну нет же сил смотреть!

— Маша так стремится к детям... — тихо произносит Ллыра. — Это просто чудо, учитель. Давайте отпустим Великую Мать, а я потом к ней приду и расскажу, что было на уроках.

— Ты сказала: «Великая Мать»? — поражённо восклицает Кхрак.

В его глазах отражается недоверие, затем понимание, и он встаёт со своего места. Да все наши одноклассники встают, ошарашенно глядя на меня. Неужели такое отношение к детям — редкость? Но их же самих...

— Это встречается нечасто, — качает головой учитель, отлично поняв мой незаданный вопрос. — За своё дитя настоящая мать перевернёт горы и осушит моря, но вот за чужого... Очень мало кто способен принять чужого ребёнка своим, поэтому ты для многих здесь легенда. Мы сделаем иначе...

Учитель выдаёт нам с Пашей шлемы и кристаллы виртуальной связи, чтобы мы могли присутствовать в классе, но при этом не отлучаться из дома. Муж мой, я вижу, ошарашен, а я очень-очень признательна, о чём и говорю. Я благодарю всех, особенно учителя, приглашая класс к нам в гости, потому что мы будем только рады — сказка же.

Оказавшись дома, я обнимаю моих самых-самых солнышек и лапушек, которые так искренне рады маме и папе, как только и могут быть любимые дети. А они очень-очень любимые и чувствуют это. Лиля и Лия совсем уже от сестёр не отличаются, даря мне понимание — они доверились нам. Поэтому четыре одинаковые девочки весело играют на поляне перед домом, а я счастливо улыбаюсь им и мужу моему.

— Чудо ты у меня, — говорит мне Пашка, прижимая меня к себе.

Спустя мгновение дети присоединяются к нам в желании пообниматься. Они у нас очень светлые, солнышки просто. Я так люблю моих маленьких, даже сравнения нет, чтобы описать, как именно, но это и не нужно.

— Паша, посмотри за малышками, — прошу я мужа. — Пойду тесто поставлю, и нужно ещё приготовить пару блюд. Мясо для Кхрака у нас только из старых запасов...

— Не только, — качает он головой. — Еремей приходил, свинину приносил. Говорит, подарок, значит.

— Спасибо ему за это! — радостно улыбаюсь я. — Тогда мы с мамой жаркое приготовим.

— Хорошо, милая, — кивает Пашенька, мой самый-самый.

Он отправляется заниматься своим любимым делом — возиться и играть с нашими доченьками, сразу же принявшимися лазить по папе, а я отправляюсь на кухню. Мамочка уже ждёт, ведь у нас завтра будет много гостей — ребята из класса решили принять наше приглашение. А гости — это очень важно, их угостить надо, да и

Хозяина Леса побаловать разносолами, а то мы его только пирогами кормим.

— Ты чудесная дочь, — сообщает мне мамочка. — Такой можно только гордиться.

— Спасибо, мамочка, — замерев на мгновение, я обнимаю затем Марью, ставшую нам действительно мамой. — Ты самая лучшая.

— Самая лучшая у нас, по мнению малышек, ты, — смеётся мамочка, погладив меня по голове. — И я с этим мнением согласна.

Я смущаюсь от этих слов, но похвала мне всё равно приятна, потому что это же мама! Мамочка помогает мне, учит новому и любит меня так же, как я своих малышек.

Целый день мы готовим, украшаем дом, а из леса выбегают зайцы, принявшись прибирать дорожку. Сказка есть сказка, поэтому нам остаётся только улыбаться, а наши доченьки хотят и поиграть с зайчиками, и помочь им, поэтому на поляне сейчас весёлая суета. Светит солнце, летний ветерок щекочет разгорячённые счастливые детские лица, а я смотрю на детей, понимая: я полностью, абсолютно, совершенно счастлива. Пожалуй, это счастье — самая большая награда за всё нами испытанное.

Мы живём в сказке. Пусть говорят, что эту сказку создали мы своими душами, — неважно.

Важны лишь наши дети, небо, озеро за лесом, да и сам лес... Наш мир, наша сказка.

Глава двадцать первая

Гости откладываются, так как с нами связывается учитель. Судя по голосу, он озадачен, но просит меня и Пашу прибыть в школу. Поэтому, перецеловав наших лапочек, мы с мужем шагаем в открывшееся прямо на поляне кольцо срочного перехода — это выдают красные огоньки, пробегающие по ободу.

Нас встречает учитель и ещё двое разумных с эмблемой Патруля на груди. Эту эмблему ни с чем не перепутаешь — планета, прикрытая ладонями. Я здороваюсь, Пашка кивает, после чего мы выжидательно смотрим на учителя, ожидая его слова. Мне очень интересно, почему нас так срочно выдернули, хотя это вряд ли что-то опасное.

— Прошу вас, разумные, — наш наставник передает слово патрульным.

— Тор и Вин, — коротко представляются они. — У нас сложная ситуация, поэтому нужно ваше мнение.

— Что случилось? — я сосредотачиваюсь в ожидании информации.

— Корабль вашей расы прошёл Испытание, — объясняет мне патрульный со смешным хохолком из щупалец, стремящихся вылезти из-под шлема. — Как будто другая раса, честно говоря, но мы проверили...

— Вы хотите, чтобы мы помогли вам понять? — интересуется Пашка, о таких случаях слышавший.

— Мы хотим, чтобы вы приняли решение, — отвечает ему Тор. — Вы знаете свою расу лучше, поэтому мы хотим предложить стать судиями и решить — достойны люди вступить в семью рас или же нет.

Ой... Я слышала о таком. Мы с Пашей и малышками прошли Испытание, а наши близкие, наша раса — нет, поэтому сейчас наше мнение, как пострадавших от неразумных сородичей, может быть сочтено определяющим. Ведь другие же людей не знают, а мы... Мы знаем. Настроение у меня стремительно падает, потому что ничего хорошего я не жду. Пашка молча обнимает меня, поглаживая по голове. Он всё отлично понимает, как и я.

— Общаться с ними надо, да? — вздыхаю я. — Хорошо, давайте попробуем.

— Просим следовать за нами, — второй патрульный, Вин, с красивыми завитками маленьких рожек, ободряюще улыбается мне. — Мы дадим вам контроллер чистоты намерений и разрешение на взаимодействие с энергетикой.

— Спасибо, — обречённо киваю я, понимая, что сейчас опять увижу людей, возможно, даже тех же самых.

Патрульные открывают кольцо перехода прямо в незнакомое мне место, чем-то похожее на кают-компанию корабля, виденную мной на картинке в учебнике, но неуловимо другое. Я беру себя в руки, ещё раз напоминая себе, что ничего плохого случиться не может. Патрульные не дадут на нас напасть.

— Кандидаты в разумные, — сообщает Тор, обращаясь к кому-то, кого я не вижу. — Вашу судьбу будет решать дитя вашей расы, ей более не принадлежащее, — он поворачивается ко мне. — Прошу вас, Великая Мать.

Как он меня назвал? Я удивляюсь, но патрульный ждёт, поэтому решаю спросить его позже и делаю шаг вперед. Рядом со мной Пашка, он страхует и безотчётно защищает меня. Увидев группу людей, я едва не делаю шаг назад, но они смотрят на меня приветливо, с улыбкой, отчего желание убежать немедленно исчезает.

— Мамочка! — слышу я детский голос. — А девочка людь и не людь одновременно, как это?

Они что, видят энергетические структуры? Это уже интересно и говорит очень о многом. Например, об уровне восприятия мира, потому что означает в первую очередь духовность. Я вижу девочку лет двенадцати, цепляющуюся за женщину хорошо знакомым мне жестом, и ласково улыбаюсь ей.

— Мы были людьми, проходя Испытание, — мягко говорю я ей. — Но наши близкие нас... — я замолкаю, не в силах продолжить, а потом поворачиваюсь к патрульным. — Мы можем показать им?

— Вы можете показать им, — кивает мне Тор, протягивая шлем с проекционным кристаллом.

— Простите, девушка... Маша, да? — женщина с тревогой смотрит мне в глаза. — Вас назвали Матерью, но вы слишком молоды.

— Две малышки, преданные самым близким человеком, назвали меня мамой когда-то очень давно, — негромко произношу я. — Они стали мне доченьками, хоть и было мне тогда четырнадцать. А теперь у меня четверо лапушек, — с нежностью говорю ей.

— Великая Мать, её Атан, её дети превратили планету-зеркало в планету сказок, — слышу я голос Тора. — Это значит очень многое. Как и обретение мамы на этой планете.

— У них была только ты... — понимающе кивает женщина. — Что ты хочешь показать нам?

— Нашу историю, — грустно улыбаюсь я. — Историю девочек и мальчиков корабля колонистов с Земли.

— Но погодите! — возражает какой-то мужчина. — Земля никуда не посылала колонистов!

— Вы увидите, — произношу я, вздыхая. — Сначала я покажу то, что случилось на самом деле, а потом — результаты симуляций.

— Симуляций? — с вопросительными интонациями звучит от женщины.

— Это система типа нашего Пророка, — объясняет ей явно понявший, о чём я говорю, мужчина. — Мы готовы.

Я понимаю, что передо мной какие-то совсем другие люди, но я должна показать им, и я надеваю шлем. Возможно, это другие люди, хотя патрульные подтвердили, что речь о Земле. Может быть, они просто притворяются, но индикатор чистоты намерений горит ровным синим светом, что означает — они честны. Потом уже буду смотреть на их структуры, а пока мне надо собраться с силами и показать. Сейчас они увидят всё то, что испытала обычная девчонка перед и во время испытаний. Ну и после, конечно, тоже.

Я вздыхаю и погружаюсь в воспоминания.

Корабль «Авалон», летящий на одноимённую планету, полон колонистами, о которых, получается, не знает Земля. Дети и подростки ходят в школу, занимаются обычными делами, и вдруг… Вдруг начинается всё то самое, что я испытала уже однажды. Но теперь-то я знаю ситуацию лучше и могу показать больше деталей. От момента раздачи кондуитов до момента… ну, перед тревогой.

Бег по коридорам корабля, две малышки, заикающиеся, паникующие. Подхватить на руки — и в бот. «Ты будешь моей мамой?» Наша счастливая жизнь в сказке. Пусть тогда никого не было вокруг, но мы были в сказке! И возвращение. Девушка с малышкой на руках в коридоре корабля. Закрывающий её собой парень.

Ласка Пашиной мамы, доброта в глазах его папы, и сразу же — предательство. Самый страшный удар тогда, когда мы не ждали, ни Пашка, ни я! Очередной удар, испуганные малышки, просьба Деду Морозу, его явление и его последние слова. И снова мы на нашей планете, в нашей сказке, в нашей жизни. Солнышки мои волшебные, Баба Яга, Марья... Наш мир, наше счастье...

Я СНИМАЮ ШЛЕМ, ЧТОБЫ НЕМНОГО ПРИЙТИ В СЕБЯ и утереть слёзы. Девочка рыдает, прижатая к такой же плачущей маме. Я вижу — они искренне плачут от того, что увидели, а мужчина, стоящий чуть позади, с болью смотрит на нас с Пашей. И тут я делаю шаг, потом ещё один, обняв затем плачущих, желая утешить их, успокоить, как делала с близняшками.

— Великие Звёзды, как ты только смогла сохранить себя в этом аду, девочка, — сквозь слёзы говорит мне женщина, а потом обнимает, просто прижимая к себе.

Она гладит меня, замершую от этой ласки, а потом поворачивается к мужчине всем телом, я даже и воспротивиться не успеваю. Она смотрит на него, правда, я не понимаю её взгляда.

— А я говорила! Говорила вам тогда! — выкрикивает эта женщина. — Нельзя было отдавать им детей! Видишь, что вы сотворили? Видишь?!

И столько боли в её голосе, что мне самой

плакать хочется, но я осторожно высвобождаюсь из её объятий, вдруг поняв — эти люди почему-то совсем другие. Но почему? Почему?

— Люди разные, Маша, — глухо произносит мужчина. — Около двадцати лет назад на Земле началась эра духовного развития. Мы вспомнили о том, что дороже всего на свете, отринули войны и насилие. Но не все это смогли сделать, потому несогласные собрались и погрузились на корабль, чтобы отправиться на мифическую планету Авалон. Пассажиры, насколько я знаю, были погружены в специальный сон и заморожены. Они должны были быть разбужены незадолго до прибытия, но или что-то пошло не так, или…

— Насколько я понимаю, — добавляет женщина, — во время прыжка произошел проход через чёрную дыру, поэтому все были разбужены системами корабля. При этом ваша память претерпела изменения — вы приняли за реальность то, что вам говорили нечистоплотные существа.

— Такой случай был уже, — продолжает мужчина. — Мы забыли об «Авалоне», а вы — дети тех, кто не мог или не хотел жить в мире со всеми…

Это объяснение выглядит странным и неправдоподобным. Я же помню грязные мегаполисы!

Помню преклонение перед немцами, англичанами, ещё кем-то! Не может ведь такого быть! Я не верю… Но передо мной совсем другие люди, как же так?

— Подождите, — останавливает людей Пашка. — При проходе в чёрную дыру корабль мог попасть в другое пространство. Помню, читал что-то об этом.

— Ты хочешь сказать, что здесь Земля совсем другая? — понимаю я. — Но «Авалон» же… Надо учителя спросить! И откуда тогда вы его знаете?

— У нас тоже был свой «Авалон», но очень давно, — хмыкает мужчина. — И мы тогда разрешили им взять с собой детей. Из нашего вы мира или нет — это не так важно.

Выглядит на первый взгляд красиво — параллельные миры, разные корабли, но я понимаю: дело не в этом. Есть у меня ощущение, что говорим мы об одном и том же корабле, где-то потерявшем двадцать лет. Озвученное объяснение подходило бы, не знай люди Земли о корабле, но, так как у них он был, это, скорее всего, один и тот же корабль. Мог ли он просто утерять двадцать лет? Мог, наверное, только учителя надо спросить, он лучше в этом разбирается.

— Точно можно было бы узнать, если бы мы

как-то нашли «Авалон», — задумчиво произносит мужчина.

— Тор, нам с учителем надо поговорить, — прошу его я. — Можно это организовать?

— Можно, — кивает патрульный, что-то нажимая у себя на поясе.

Всё-таки мне кажется, мы сами себя запутываем, а истину можно будет узнать на самом «Авалоне». Ну, на корабле, на котором и происходили наши Испытания. Наверное, наставник знает, как на него попасть, потому что я определённо запуталась. Ни описания, ни рассказ тому, что я помню, не соответствуют, а уж попытка объяснить всё памятью... Мне кажется, не так всё было — а как? Теперь очень хочется узнать.

Кроме того, люди, стоящие передо мной, отличаются от тех, что были на корабле. Чуточку, совсем немножко, но визуально отличаются, хотя чем именно, я сформулировать не могу. О, вспомнила!

— Скажите, а вам известен термин «флуктуация Катова»? — интересуюсь я.

— Флуктуация кого?! — поражённо спрашивает мужчина. — Какого Катова?

— Очень интересно... — ошеломлённо произношу я, потому что теперь ситуация запутывается ещё сильнее. Мог ли корабль попасть в другой мир? — А люди на том «Авалоне», что был у вас, чем отличались? Ну, считали, что славяне должны быть животными?

— Какие «славяне»? — удивляется уже женщина.

— Это до смешения рас было, — нахмурив лоб, отвечает землянин. — Лет триста назад, потом уже самоназвания народов исчезли...

Не поняла! Я же точно помню, и немцев, и разделение, и... Я же помню!

— Спокойно, не нервничаем, — наставник появляется неожиданно. — Что случилось?

— Учитель, они говорят, что не знают, кто такие славяне, но я же помню! — восклицаю я. — Мы можем попасть на тот корабль, с которого мы с Пашей?

— Можем попасть... — задумчиво отвечает мне учитель. — Попасть можем. Ребёнка, — он обращается к землянам, — лучше оставить здесь.

— Тогда только Петя пойдёт, — женщина указывает на мужчину. — Он историк, ему будет проще.

Историк? Интересно как! А зачем им в посольстве историк? Впрочем, этот вопрос я задавать не спешу. Мне очень надо разобраться в том, что случилось, и почему люди Земли не знают того, что для меня было обычной жизнью? И ещё — почему женщина так реагировала? Ведь я почувствовала её тепло! Она не лгала! В чём же дело?

— Простите, учитель, — произносит Паша, увлекая меня в угол этой необычной кают-компании. — Мне нужно успокоить жену. Машке и так тяжело, а тут новости такие.

— Конечно, — кивает наставник, шагнув к гостям и завязав с ними разговор, а Пашка просто обнимает меня.

— Когда это уже закончится, — устало говорит он, гладя меня так, как мне нравится. — То одно, то другое...

— Паша, посмотри их структуру, — тихо произношу я. — О чём они думают?

Паша, не поворачиваясь к землянам, сосредотачивается, как нас на уроках учили. Он некоторое время стоит не шевелясь, затем чему-то улыбается, вздыхает и начинает рассказывать.

— Девочка пытается представить себя на твоем месте, она не понимает, почему так страшно обнажение, — объясняет он. — Но при этом пугается вида малышек. Значит, их не бьют, но обнажённое тело... хм... Не понимаю.

— А женщина? — интересуюсь я. — С детьми тут возможны разные варианты.

— А женщина... — муж хмыкает. — Она хочет тебя обнимать, но понимает, что ты поверить не сможешь, отчего ей грустно. О! Она почувствовала мой контакт...

— Очень интересно... — я совершенно ошарашена, ведь почувствовать контакт дано далеко не всем, потому запреты и существуют.

Это неправильные земляне! Они совсем другие! Почему, почему, ну почему у нас не было таких?!

Глава двадцать вторая

За кругом перехода начинается обычный корабельный коридор, давно уже, кажется, забытый, но Пётр, историк землян, начинает вдруг оглядываться. С нами один из патрульных, Тор. Он сам вызывается пойти, хотя нам причинить вред невозможно, потому что каждого из нас окружает едва видимый глазу индивидуальный щит, ведь идем мы в самое логово тех, кому отказано в разумности.

— Что это? — удивлённо спрашивает историк.

— Корабельный коридор, — отвечаю я ему и, взглянув на указатель, уточняю, — уровень «Д», жилой. Кают-компания выше, по-моему.

— На корабль-тюрьму смахивает, — признаётся историк, которому явно не по себе, а я прижимаюсь к Паше, потому что воспоминания, конечно...

— Пойдёмте, — приглашаю я, рукой показав направление к подъёмнику.

— Постой, Великая Мать, — обращается ко мне Тор. — Кто это?

Мне странно, что он ко мне так обращается, потому что я себя великой не считаю совсем. Я оборачиваюсь и вижу всегда весёлую и любопытную Таньку. Девушку я узнаю сразу, но выглядит она не очень хорошо. Голова низко опущена, спина сгорблена, идёт моя давняя подруга нехотя, как будто желая отдалить момент прихода домой как можно дальше, и это странно.

— Таня?! — спрашиваю я.

В этот момент она поднимает голову. Её лицо бледное, просто белое какое-то, в глазах обречённость. Она совсем недавно плакала, я вижу это... Что случилось? Ведь прошло не так много времени? Тут Танька видит внимательно рассматривающего её мужчину и как-то резко начинает плакать.

— Нет... Не надо... Пожалуйста... — слова прорываются сквозь слёзы, и девушка опускается на колени перед нами.

Этого я выдержать не могу, просто рванувшись к ней, чтобы обнять и успокоить. На моё приближение Таня никак не реагирует, а от объятий вздрагивает и начинает дрожать. Я ничего не понимаю, но действую рефлекторно.

— Паша, аптечку! — прошу я.

Нам не сказали, зачем зовут, поэтому муж аптечку прихватил просто на всякий случай. Не говоря ни слова, Пашка приближается, протягивая мне небольшой тубус универсальной аптечки. Я думаю о том, что Таньку нужно только успокоить, но дело, кажется, более сложное. Уловив усиление дрожания, я оглядываюсь.

— Пётр, не приближайтесь, — прошу его. — Таня вас боится.

— Хорошо, Маша, — кивает он, сделав два шага назад, отчего Танька чуть успокаивается.

Аптечка показывает подсознательно ожидаемое мной — нарушение кожного покрова, гематомы, локализующиеся в строго определенной области, при этом я понимаю, что Таньку нужно раздеть, чтобы осмотреть, но не хочу этого делать. Мне просто страшно увидеть всё то, что показывает встроенный диагност аптечки.

— Тор, — зову я патрульного, — девушку нужно в госпиталь, она сильно избита, и, судя по тому, как реагирует на мужчин, не только.

— Сейчас отправим, — вздыхает всё понявший патрульный, а я пытаюсь расспросить начавшую заикаться девушку.

— Что случилось? — спрашиваю я. — Кто тебя побил?

— К-кура-т-тор, — отвечает она мне, протягивая карточку.

И вот именно эта карточка заставляет меня просто окаменеть — это хорошо знакомый мне по Испытанию кондуит. Мерцающий оранжевым цветом кондуит выглядит приговором, а Танька рассказывает мне, что произошло за последнее время. Её рассказ слышит и историк, напоминающий сейчас... даже трудно сказать кого. Большие круглые глаза, поражённо глядящие на Таньку, говорят мне о многом.

— Этот корабль не может быть «Авалоном», — качает наконец головой Пётр. — Просто не может быть, за двадцать лет до такого животного состояния опуститься невозможно.

— Это тот «Авалон», на котором я жила, — вздыхаю я. — Только кондуиты были частью Испытания... Почему они появились сейчас, я не понимаю...

— Испытание просто показывает скрытые желания, Машенька, — произносит Пётр, вздыхая. — Возможно, скрытые желания стали...

— Но тогда они же детей до смерти забьют! — восклицаю я, понимая, что здесь нужны разумные, способные отличить правду ото лжи и спасти тех, кого ещё можно спасти.

— Не забьют, — вздыхает Тор. — Мы известим землян о происходящем.

— Разрешите мне? — интересуется Пётр и, получив кивок, исчезает в кольце перехода.

— Я думаю, это из-за нас с Пашей, — признаюсь я патрульному. — Здешние решили забить детей, чтобы отбить у них волю к сопротивлению.

— Тогда в любом случае это не из-за вас, Великая Мать, — улыбается он мне.

Я больше не хочу знать, что происходит, возвращаясь с Пашей на земной корабль, на котором уже начинается активное движение. Мужчины и женщины в одинаковых костюмах выстраиваются перед кольцом перехода, а Таньку на руках уносят куда-то вглубь их корабля.

— А что здесь происходит? — интересуюсь я.

— Это группа расследования преступлений и медики, — объясняет мне Пётр, на минуту отвлёкшись от суеты. — Пусть люди на этом странном корабле и не наши, но дети-то ни в чём не виноваты.

— А они не ваши? — интересуюсь я.

— Структура организма отличается, — отвечает мне историк. — Это точно не люди Земли.

— Интересно... — задумчиво отвечаю я,

приняв решение задержаться, чтобы увидеть результат.

Получается, корабль, на котором я летела, ещё и не с Земли? Интересно, а откуда тогда? Мне очень любопытно, откуда может быть такой корабль. Проверяю время — прошло не больше двух часов, так что домой спешить пока не обязательно, хоть скоро и будет необходимо, потому что малышкам без мамы плохо будет.

Земляне отправляются в портал. Они проходят в него по одному, а на стене загорается экран, куда проецируется всё, что видят передовые группы. И я снова будто вижу картины времён Испытания, которое называли флуктуацией Катова. Я вижу испуганных детей, прижавшись к Паше, наблюдаю даже малышей, но вот группы доходят до реактора, и экран резко гаснет, а что-то разглядевший муж прижимает моё лицо к себе, не давая мне рассмотреть. Видимо, там нечто настолько страшное, что мне лучше и не видеть.

И вот из кольца перехода появляются люди, несущие детей на руках. В большинстве своём они в том же состоянии, что и Танька, но есть и такие, что без сознания, а некоторые просто тихо плачут. За ними проносят и двух женщин, ноги которых будто топором отрублены. Начинается очень активная суета, при этом я не понимаю, что происходит, чувствуя желание просто уйти домой, и всё.

Таньку, Лариску и других забирают земляне, а Катька повторила свой путь из Испытания — её больше нет. При этом взрослые на «Авалоне» в большинстве своём признаны невменяемыми и вместе со всем кораблём будут оттранспортированы на известную наставнику планету-зеркало, где их и оставят. Скорее всего, они там не выживут, но меня это совсем не трогает.

Я смотрю на спасённых детей и понимаю — симуляция ещё мягко показала, что бы со мной было. Но я жду не этого, я хочу узнать, откуда взялся этот корабль и почему мы все были на нём. Потом та самая женщина, которую, кстати, зовут Лада, посетит нашу планету. Я её пригласила вместе с дочкой посмотреть планету сказок.

— Ещё полчаса, — предупреждает меня Пётр. — Наши согласуют карты и будут готовы рассказать.

Свой вердикт Тору я уже озвучила, и Паша со мной согласился — земляне разумны, но любопытство, конечно, меня гложет. Можно, разумеется, отправиться домой и забыть, но узнать-то хочется, даже очень. И Пашеньке хочется узнать, а ещё — поговорить с Танькой, когда она в себя придёт.

Наконец нас приглашают к большому столу. Пётр, как руководитель, выводит на уже знакомый нам экран звёздные карты, готовясь рассказывать и показывать. Я решаюсь похулиганить и забираюсь к мужу на колени, а он просто обнимает меня, прижимая затем к себе. Однако первым тишину нарушает не землянин, а Тор.

— На заре нашей цивилизации существовала легенда, — произносит он, спокойно глядя куда-то в стену кают-компании. — О женщине, способной принимать чужих детей как своих. Женщины моей расы физически не могут принять чужого ребёнка.Однажды на нашей планете разбился чужой корабль. Оттуда вышла женщина с малышом, и её поселили с сиротами. Спустя месяц сироты нашего народа исчезли.

— Она их приняла, — понимает Пётр. — Ну, это нормально.

— Девочка Маша, — продолжает Тор, — не только назвала своими двоих потерянных детей вашей расы, но и стала матерью тем, кто был на неё совсем не похож. И теперь их не отличить от её детей. Атигоны считаются смертельно опасными не зря, но девочка Маша сумела своей материнской любовью изменить их, поэтому для нас она Великая Мать. Совсем юная Мать, не знающая собственных детей биологически, стала настоящей Матерью тем, кого боятся.

— А до того выжила в таком кошмаре... — вздыхает Пётр. — Но теперь она принадлежит другому народу, я правильно понял?

— Тот, другой народ появился благодаря её любви и открытой душе её детей, — улыбается Тор. — Это была планета-зеркало до того, как туда пришла девочка Маша.

— Это достойно восхищения, — отвечает ему землянин. — Но давайте вернёмся к странным неразумным, сумевшим породить такое чудо.

На стенах загораются карты, очень похожие, но, тем не менее, отличающиеся от привычных мне, а Пётр продолжает свою речь.

— Сначала мы предположили, что корабль-тюрьма явился из другой вселенной, — объясняет он. — Об этом говорят отличия звёздного неба, но на самом деле это не так.

Картинка меняется, и перед нами возникает серый шар планеты, расположенной у красного карлика, судя по диаграмме, которую я обнаруживаю в углу экрана. Планета медленно вращается, над ней проносятся крупные астероиды, но на поверхность не падают.

— Две сотни лет назад, — произносит Пётр, — группа землян, около пяти десятков тысяч человек, покинули Землю, чтобы достичь планеты Отверженных. Они считали, что Земля обречена, потому что истощаются природные ресурсы, отчего всем грозит стагнация. Начнём с того, что информация у них была неверной. Одна группа людей обманула другую... Что в то время было обычным делом.

— Вы хотите сказать, что корабль стартовал не с Земли? — интересуюсь я.

— Именно так, — отвечает он мне. — Ваш корабль стартовал с «новой» Земли. Прибывшие на планету люди устроили там помесь диктатуры и непонятно чего, и в результате жизнь представляла собой кошмары земного прошлого — душные мегаполисы, ограниченность рабочих мест и масса противоречащих друг другу законов. Ваш корабль стартовал с целью разведки возможности переселения на другую планету, но только для части населения. Комплектовался он в известной в прошлом пропорции господа-рабы, то есть именно то, о чём помнит Маша. Рабы, правда, не понимали, что они рабы, но это обычная практика таких сообществ.

— Значит, той трансляции, которую мы слышали, не существовало? — интересуюсь я.

— Почему не существовало? Она вполне себе существовала, — грустно улыбается Пётр. —

Только она была больше игрой, чем реальностью. Им нужно было, чтобы вы поверили.

— А зачем? — удивляюсь я. — Я же простая девчонка!

— Они считают, что прошедшие Испытание обладают какими-то сверхъестественными силами, — со смешком отвечает мне землянин. — Вас хотели заставить работать на них, угрожая жизни детей.

Вот такого я, пожалуй, не ожидала. Да я бы с ума сошла от такого! Пашенька прижимает меня к себе, он чувствует, что я готова уже заплакать.

— Мои родители... — мужу тяжело, я слышу. — Они тоже?

— Сто тысяч — и делайте с ним, что угодно, — слышу я идущий с потолка знакомый женский голос. — А за полторы сотни мы вам поможем!

— Каждому, — добавляет мужской голос.

И тут наступает моя очередь обнимать Пашеньку, целовать его, говорить, что они нам никто, у нас есть самая лучшая мама на свете. Я не выдерживаю услышанного и реву уже в голос, когда застывший, словно окаменевший муж неожиданно начинает двигаться. Он обнимает меня, его губы соприкасаются с моими, и тут что-то происходит. Что-то такое сладкое, волшебное, необыкновенное.

Узнать, что твои родители тебя не просто

предали, а сделали это за деньги, даже не каждому врагу пожелать можно, а Пётр рассказывает, что делали с девочками старше четырнадцати, помимо битья, и меня начинает простонапросто тошнить, несмотря на то, что это было предсказуемо. Теперь у Таньки долгий путь восстановления.

— Катерину мы нашли, — сообщает мне Пётр. — Физически её восстановят быстро, а психику придётся собирать с нуля.

— Наставник, — обращаюсь я к учителю, — а может, её, как малышек, в годовалый возраст, и пусть начнёт всё сначала? Тогда она и не вспомнит, что с ней делали.

— Вы можете отмотать возраст? — вот теперь приходит время удивляться и землянину.

Наставник рассказывает тому о методах, дающих возможность это сделать, и у них начинается активная дискуссия, а я вдруг чувствую, что малышки очень хотят маму домой, и немедленно. Значит, здесь мы закончили.

Глава двадцать третья

Я сижу на бревне рядом с Дедом Морозом, понимая, что это, конечно, сон, но какой-то слишком реалистичный, по-моему. Наверное, это происходит потому, что у меня тысяча вопросов, а в рассказанное землянами верится с трудом. Мне хочется задать эти вопросы хоть кому-нибудь, но перед сном я забываю об этом, потому что малышки соскучились по маме.

— У тебя много вопросов, — улыбается Дед Мороз. — И я отвечу на них.

— А почему? — спрашиваю я, собираясь с мыслями.

— Пока ты не попала сюда с малышками, — произносит старик, — эта планета была чиста и пуста, но именно ты сотворила всё, что видишь здесь. Своей душой, верой в сказку, своей любовью. Ты создатель этого мира, Маша.

— Подождите... — останавливаю я его. — Случившееся с нами не было Испытанием?

— Случившееся с вами происходило на самом деле, — вздыхает Дед Мороз. — Я тебе сейчас покажу...

Он показывает мне то, что я и так помню, показывает, что и как происходило, а затем — наш побег, разворот в гипере, прыжок поперёк курса и планета. Дед Мороз объясняет мне подробно, что именно произошло. Это не корабль оказался в чужом пространстве, а я каким-то чудом прорвала пространство, выйдя совсем в другом мире. Это, конечно, считалось невозможным, и мы должны были погибнуть, но не погибли.

— Ты очень хотела сказку, сумев приземлиться на единственной планете, где она возможна, — ласково гладит меня по голове Дед Мороз. — И этой сказкой ты меняла мир, весь мир, не только одну планету.

— Но ведь на корабле всё равно оказались злые люди. Это из-за меня? — мне хочется плакать, но я держусь.

— Нет, маленькая, — качает он головой. — Просто они такие.

Отказавшиеся от духовного развития, позволившие одним считать других животными, унижать их, но продолжая преклоняться перед первыми, разумные утратили свою разумность, немедленно принявшись унижать тех, кто слабее, — детей. Именно поэтому всё и случилось, а новый мир, в котором я оказалась, просто принялся подстраиваться под заданные нами условия, ведь мы очень хотели сказку.

— Сейчас уже трудно определить, малышка, — продолжает Дед Мороз, — что было вначале, а что вышло в результате твоего желания. Но нужно ли тебе это определять?

И я задумываюсь. Поверить в то, что к существованию этого мира, даже частично, причастна именно я, сложно, конечно. Не верится мне в это, но... А зачем мне верить? Я же хотела сказку? Ну вот мне сказка. Дед Мороз говорит: весь мир сказка. Поэтому можно просто в этой сказке жить, а не думать о том, что и как произошло. Землянам надо объяснить всё хотя бы себе. Нашим наставникам — тоже. А мне-то зачем? Зачем копаться в забытом уже?

Вот и думаю, творец я или мне приснилось всё, но я буду теперь просто жить в сказке, как мне мечталось ещё в детстве. Главное, что это теперь точно сказка! Мне сам Дед Мороз об этом сказал!

Я повзрослела за это время, и Пашка мой тоже. Всё-таки у нас четверо детей, и всем нужно внимание, тепло маминых рук, папина уверенность. Нашим малышкам это очень нужно, значит, их мама и папа обязаны быть для них. И мы есть. И мама наша есть, соседи нас не забывают... Вон Еремей, сосед наш, принес мяса, потому что мы не охотимся и живности у нас нет.

Неподалеку от нашей поляны, оказывается, деревня есть. Ну, сказка же, вот мы и меняем ягоды целебные, грибы на молоко для малышей. Хотя из деревни молоко и просто так приносят. Для них дети — это важно, очень важно! Для землян нет ничего важнее детей, а для тех, у кого я жила... Эх. Пусть даже я придумала таких землян, потому что Дед Мороз говорит, что не могла смириться с тем, что они сволочи, но они разумные, правильные!

С этими мыслями я просыпаюсь, чтобы улыбнуться новому дню и уже залезшим на маму малышкам. Лапочки расположились на родителях, но ведут себя тихо-тихо, чтобы не разбудить ненароком. Они очень счастливо улыбаются, поэтому сразу же оказываются в маминых объятиях.

— Лия, Лика, Лира, Лиля, вы что это задумали? — интересуюсь я. Доченьки переглядываются.

— Мама! Ку-шать! — хором, как будто репетировали, выдают они.

Звёздочки мои ясные, какие они всё-таки

хорошие у меня. Но нужно и к порядку приучать, поэтому, поднявшаяся из кровати, я накидываю на себя платье, чтобы вести малышек умываться.

— Па-а-аша! Вставай! — командую мужу, двигаясь в сторону ванной.

Доченьки мои воду любят, а вот умываться — не очень. Их ещё и переодеть надо, а потом и кормиться пойдём, ведь они уже проголодались. Сегодня одену их покрасивее, у нас гости намечаются — одноклассники наши да Лада с дочкой. Вот заодно и посмотрят на то, как мы живём. Вчера я гостинцев для Хозяина Леса напекла и попросила гостей наших не обижать, ну и разрешить, значит, в гости прийти. Судя по всему, возражений не было, что уже очень хорошо.

Дед Мороз прав — зачем мне думать о том, почему так получилось? Главное же, что малышек моих никто здесь не обидит, плохие люди наказаны, ни за что пострадавшие дети в тепле, так что всё уже хорошо. Мне очень нравится, что живём мы теперь душевно и спокойно. Вот и умылись, теперь и покормить можно. Мамочка наша, которая для малышек бабушка, с утра оладушек напекла, запах-то какой! Оладушки мы и сами умеем кушать уже, но хочется же, чтобы покормили!

Присоединившийся ко мне Пашка помогает рассадить деток и сам садится, чтобы прямо из первого ряда наблюдать увлекательную картину: покорми шалящих с утра девочек. Но мама справится, куда же я денусь? Меня мамой сделали когда-то Лира с Ликой, а теперь это моя суть. Я теперь просто не могу иначе, и это, по-моему, правильно.

— А вот к кому оладушек летит? — интересуюсь я. — Кто у нас его первым слопает?

Соревнуются, но конкуренции нет. Вместе что-то делать — за милую душу, ссориться, драться — ни за что. Нравится им очень шалить, но в разумных пределах, без серьёзных проблем. Ну и не болеют они у меня совсем, спасибо Хозяину Леса да Яге с её отварами целебными. Просто чудесные отвары, кстати, поэтому, наверное, и мы с Пашей не болеем, как будто и нет здесь никаких вирусов с бактериями. Может, и нет — сказка же.

— Милая, я с малышками погуляю, так что занимайся спокойно, — сообщает мне Пашка.

— Спасибо, родной, — улыбаюсь я ему.

Скоро уже и гости прибудут, а у меня не готово ещё ничего!

Гости прибывают через большое кольцо перехода. Они с интересом оглядываются вокруг, вдруг начиная улыбаться. Лес, поляна, наш дом, за это время стараниями Марьи разросшийся, а я, улыбаясь, приветствую их. Мне очень приятно видеть всех одноклассников, вот и Льира, кстати.

— Можно я тут побуду? — её голос немного даже жалобный.

— Конечно, — киваю я ей, ничуть не удивившись.

Я читала о народе Льиры: они очень чувствительны к природе и эмоциональному фону. А у нас лес живой, и в воздухе разлита, кажется, любовь и доброта. Малышки мои уже и забыли, что с ними было, потому что мозг годовалого ребёнка просто не в состоянии вместить память семилетнего, мне это ещё когда объяснили, так что никакой мистики — просто наука. Вот и хорошо, кстати, что они забыли тот ужас, теперь их просто любят, и всё.

Земляне появляются с довольно солидным выводком малышей. Не скажу, что не ожидала этого, ведь большинство детей на «Авалоне» пострадали не только от битья, они страдали от лицемерия и жестокости родителей с рождения, потому, наверное, и упросили.

— Да, Машенька, — подтверждает мои мысли

Лада. — Эти малыши — дети с того именно корабля. Их родители в нашем понимании сошли с ума, ведь им нравились слёзы детей. Эти люди считали, что за эту боль им потом скажут «спасибо».

— Это как?! — не понимаю я. Они что, хотели всех сделать такими, как Лилька, которой боль нравилась?

— Взрослые люди считали, что дети им будут благодарны за такое воспитание, — объясняет мне землянка. — Поэтому мы спросили самих детей. С родителями остаться не пожелал никто, но и помнить всё то, что с ними сделали, особенно с девушками постарше…

— Я поняла, — киваю я, потому что действительно понимаю.

Малыши устраивают возню на поляне, а я отмечаю себе, что нужно попробовать симуляцию с этими землянами. Что было бы, если? Это, на самом деле, очень интересно узнать, что было бы, если бы мы оказались на корабле землян, но вот переигрывать свою жизнь мне не хочется.

Яга объяснила мне, что, несмотря на пятнадцать биологических лет, я стала старше внутренне. Очень желая защитить своих малышей, я стала просто старше. Волшебство ли это? Я не знаю, но мне и не важно. Я смотрю на играющих малышей, твёрдо зная, что у них в жизни не будет предательства родных, а только бесконечная любовь родителей, для которых не бывает чужих детей.

— Прошу за стол, гости дорогие! — зову я всех, отчего одноклассники сразу начинают улыбаться.

Это они ещё не знают, что в пирогах ягоды целебные, потому почувствуют они себя очень хорошо и весело после нашего угощения. Мне приятны улыбки, похвалы угощению, радостные перемигивания. Взглянув в небо, я вижу в нём облака, выстроившиеся в виде женского улыбающегося лица. Мне кажется, что я вижу создателя всего этого мира, по неведомой причине давшего мне право его изменить.

Хотя почему по неведомой причине? Создатель сотворил этот мир и ушёл, оставив пульт управления, а я, по странному стечению обстоятельств, обнаружила этот пульт, на кнопки его неведомые нажимать не спеша. Поэтому он подстраивался не под мои желания, а под мечты — это совсем разные вещи. Именно мечты и создали всё то, что мы видим вокруг: деревни, да даже Хозяина Леса и Деда Мороза — таким, каким он стал. Эта планета — не просто планета-зеркало, которых действительно достаточно, а очень особенная, но людям о ней знать не обязательно. Вообще разумным об этом знать не обязательно. Пусть всё идёт, как идёт, не надо создавать искушения.

— Маша, — обращается ко мне Лада, — у меня к тебе просьба.

— Что случилось? — я отвлекаюсь от наблюдения за малышами, обращая внимание на женщину.

— Девочка эта... Катя... — Лада тяжело вздыхает. — Она стала малышкой, но эмоциональной связи не создалось, да и энергетической тоже нет, она отвергает всех.

— Подсознательно боится людей? — спрашиваю я, понимая, о чём речь.

Катю мучили так, что практически разрушили её психику, но даже будучи переселённой в тело годовалого ребёнка, малышка, во-видимому, запомнила, что люди — это больно, вот и не может никого принять, потому что боится подсознательно. Но это не значит, что Катя останется одна, потому что у нас тут Планета Сказок.

— Не спеши, — прошу я Ладу. — Кажется мне, что сегодня начнётся новая сказка, — я показываю на Льиру.

После трапезы гости расползаются по кругам интересов, гуляют, а Льира сидит на берегу озера, о чём-то думая. Мы отсюда не должны бы её видеть, но я уже знаю, как сделать так, чтобы знать, что происходит. Мне кажется, я понимаю, о чём именно думает девушка. Она пытается разобраться в никогда ранее не испытанных эмоциях, ведь формирующуюся энергетическую связь я тоже вижу.

Поднявшаяся Льира медленно подходит к играющим малышам, чуть в стороне от которых лежит, глядя в небо, Катя. Присев рядом, девушка некоторое время просто сидит, а потом одним движением подхватывает с травы ребёнка, прижимая к себе. Я жестом зову Ладу за собой, чтобы услышать разговор малышки и её, я точно знаю это, новообретённой мамы.

— Ты теперь будешь моей мамой? — характерно нечётко, делая паузы после каждого слога, спрашивает ребёнок.

— Я теперь буду твоей мамой, — соглашается с ней Льира, и чудо происходит.

Ярко, как только и умеют дети, радостно улыбается Катя, прижимает к себе своё обретённое чудо Льира, не понимая ещё, что именно произошло, радуюсь и я. Во-первых, Катенька обрела родного человека, а во-вторых, меня перестанут называть Великой Матерью, потому что по своим же верованиям, ею только что стала Льира. Я тихо хихикаю, а девушка с ребёнком на руках осознаёт себя центром мира для малышки.

— Поздравляю, Льира, — улыбаюсь я, она

оборачивается, сразу, как я вижу, и не узнавая меня. Её взгляд ошарашенный, какой-то поражённый, мне даже трудно его описать.

— Ты знала, что так будет? — негромко спрашивает меня удивлённая девушка. — Исполнила мою мечту?

— Я не знала ни о твоей мечте, ни о ситуации с Катей, — качаю я головой. — Но у нас тут Планета Сказок, поэтому мечты могут и сбыться, сказка же.

Льира качает в руках своё обретённое чудо, Катя заливисто смеётся, а я понимаю — сказка продолжается. Сказка, полная счастья. Наша сказка.

Глава последняя

Пока дети в школе, я моделирую в симуляторе нашу историю. Почему я снова возвращаюсь к ней, не понимаю, но в этот раз я пытаюсь смоделировать ситуацию, когда я с малышками и Пашкой внезапно оказываемся на корабле землян. В своих телах, а не переносом сознания. Все другие варианты исключают моего любимого, терять которого я не согласна.

Я включаю симуляцию, вижу ту самую сцену — Лика в моих руках, Лира держится за платье и закрывающий нас Паша. Девоньки мои выглядят испуганными, но не настолько, чтобы заикаться, я ошарашена, а Паша просто защищает нас всех. Вот нас, прижавшихся к стене, замечают земляне.

— Дети? Вы откуда? — удивляется какая-то

женщина, очень медленно подходя к стоящим. — Не надо пугаться, я хорошая, честно-честно, — совсем по-детски говорит она, присев на корточки и обращаясь к Лире.

— Ты мамочку не убьёшь? — спрашивает моя малышка, прячась за моей ногой.

— Великие Звёзды... — шепчет эта незнакомка, в которой я узнаю Ладу. — Никто не убьёт твою маму, не бойся, — просит она, а потом прикасается куда-то к виску. — Медиков в радиальный, — говорит она таким же мягким голосом.

А я смотрю на то, как земляне обходятся с незнакомыми им людьми, как бережно, осторожно ищут контакт сначала с малышами, а потом и с нами двумя. Даже не пытаясь расцепить, они ведут нас к медикам. Разговаривают очень ласково, мягко, и я понимаю: я бы поверила. Не доверилась сразу, вовсе нет, но поверила бы точно.

— А кто у нас тут такой испуганный? — интересуется врач. — А вот мы погладим малышку.

Та Маша уже тянется опустить девочку на пол, но её останавливают. Добрая докторша говорит, что раздевать не надо, а гладить будут в маминых руках. Она действительно осматривает ребёнка в руках той испуганной девушки Маши, а потом также ласково маму, папу, притом безусловно принимая эти важные для близняшек названия родных людей.

Я смотрю на то, как этих людей определяют отдельно, но у них сразу же, как-то очень незаметно, появляются родные люди. Действительно родные, к которым тянутся и Маша, и Паша, и близняшки. Так действительно могло быть, но не было, а случилось совсем иначе. Впрочем, мне сейчас достаточно знать, что так быть могло, остальное уже не так важно. Хотя видеть отражение счастливых мосек, прижавшихся к маме в поверхности иллюминатора, конечно, очень радостно.

Вздохнув, я выхожу из симуляционной комнаты, направляясь к корпусу малышей, откуда ко мне уже бегут со всех ног мои счастливые доченьки. Сегодня они у меня доучились последний день, потому что завтра начинаются каникулы. У нас столько планов на каникулы! Во-первых, земляне в гости приглашали, во-вторых, родня Льиры тоже. Она стала Великой Матерью совершенно неожиданно для самой себя, но на этом для неё всё только началось, потому что стать легендой...

После Льиры надо будет к Тору, это тот патрульный, что сопровождал нас. Он похвастаться знакомством перед родными хочет, а малышкам будет очень интересно покататься с лавовых горок. В общем и целом, каникулы будут насыщенными, я это уже предчувствую. Но не расстраиваюсь, потому что сказка же.

— Мама! Мамочка! — визжат четверо доченек, кидаясь ко мне. — Мамочка, а Лика упала, но не заплакала, потому что мы её обняли.

Лика прыгает вместе со всеми, значит, всё в порядке. Они у меня очень светлые, яркие, потому что любимые. Доченьки мои ясноглазые очень чувствуют нашу любовь, как и все дети, поэтому отвечают тем же. Ни разу не поссорившиеся, всегда всё делающие вместе, они различают друг друга, ну и мама различает, а вот учительнице не позавидуешь — четыре одинаковые мордашки. И стоят друг за друга так, что никакие конфликты в принципе невозможны.

Уже вечером, сидя рядом с мамой в окружении наших доченек, я признаюсь мужу, что опять моделировала. Он меня очень хорошо понимает, поэтому только прижимает к себе и мягко улыбается. Пять лет всё-таки прошло, нам по двадцать уже, ну почти, доченьки ходят в школу, а мы заканчиваем очередной цикл обучения, регулярно отправляясь в гости к друзьям.

— Машенька, доченька, — наша мамочка, как-то немного ехидно улыбаясь, что-то хочет сказать.

— Да, мамочка? — с интересом смотрю на ставшую самой близкой с помощью Яги женщину.

— Тебе нужно будет планы немного пересмотреть, — объясняет мне Марья, заставив собраться. Что случилось?

— Что случилось, мамочка? — я становлюсь серьёзной.

— Ты непраздна, девочка, — хихикает она. — Поздравляю.

Мамочка иногда использует очень странные, покрытые пылью древности слова, отчего доходит до меня не сразу, а вот когда доходит — я просто визжу. Сразу насторожившиеся доченьки видят, что мама визжит от радости, и присоединяются ко мне, отчего кажется, что домик сейчас развалится. Тут доходит и до Пашки, немедленно подхватившего меня на руки. Счастье готовится в очередной раз прийти в наш дом.

Затем начинается, конечно, суета, потому что меня надо же обследовать, детей обрадовать... Малышки мои радуются так, что мне уже немного жалко младшую или младших — четыре старшие сестры, выступающие единым фронтом — это будет, как минимум, интересно. Значит, наша сказка продолжается, становясь совсем новой и необычной. По-моему, это хорошо.

Оглядываясь назад, можно сказать, что,

несмотря на некоторую запутанность и непонятность всего с нами произошедшего, всё было правильно. У нас получилась очень хорошая, добрая сказка, ну мне так кажется, по крайней мере. Всё начиналось очень нехорошо только потому, что кто-то решил страхом заменить понимание. Ну ещё сама суть происходившего на «Авалоне»... Да, второе наше пришествие на «Авалон» случилось только потому, что мне где-то внутренне хотелось дать людям второй шанс, поэтому волшебство нашей сказки исправило только то, что я знала — национальное неравенство, желание физических наказаний, но не исправило самих людей. Да, реальность «Авалона» стала истинной после нашего пришествия туда, но это всё равно ничего не изменило. Взрослые люди так и не поняли, что самой большой драгоценностью на свете являются дети. Желая укрепить свой «авторитет», как они его понимали, эти люди заменили понимание страхом, в результате утратив разумность.

Что же, они были наказаны, а наша сказка стала настоящей сказкой. Она не закончится никогда, потому что её будут всегда поддерживать детские мечты, детские улыбки и детская радость. И больше нигде и никогда не осыплется осколками мир маленького чуда оттого, что мама или папа решат сделать им больно. Пожалуй, это и есть то самое главное, чему учит разумных наша сказка. Дети улыбаются — значит всё правильно.

Где-то, когда-то...

— Хорошо, что они не знают, что этот мир был дипломной работой, — выглядящий пожилым мужчина задумчиво рассматривает неожиданно развившийся мир, — позабытой на складе, кстати.

— Кстати, вы мне за него кол влепили, — обиженно отвечает ему очень молодая девушка.

— Всё пришлось переделывать, а они! Они вот что сотворили!

— Настоящую сказку, да, — кивает её наставник. — Что же, несмотря на то, что мир у тебя противоречивый и перекошенный, я думаю, его можно зачесть.

— Ура! — радуется очень юная девушка, немедленно исчезая.

Наставник смотрит в Окно Мира, с улыбкой наблюдая за той, кто исправил этот мир. Случайно обнаружившая ключевой элемент дипломного мира, не отключённый по причине неудачности работы, дитя другого мира своей любовью и мечтой сотворила сказку, исправив косяки совсем юной своей коллеги по мечте. Это в очередной раз доказало, что нет ничего сильнее желания матери защитить своё дитя. Любовь изменила ещё один мир, сделав его сказкой. Настоящей сказкой стало неудачное творение демиурга.

— Правильно я сделал, — кивает себе наставник, направивший тот самый бот именно на эту, ключевую планету. — Пусть будут счастливы.

И живущие отнюдь не по воле демиурга, а по своей собственной, были счастливы. Ведь это сказка, а в сказке возможно всё. Впрочем, любой мир мог бы стать такой сказкой, если бы разумные помнили: нет ничего прекраснее улыбки ребёнка, его радостного смеха, его искренности. Для этого вовсе не нужно, скорей, даже вредно, делать ему больно. И вот когда разумные поймут, какой катастрофой для любого ребёнка оказывается такое «наказание», они сделают шаг в сказку.

Milton Keynes UK
Ingram Content Group UK Ltd.
UKHW021836231124
451423UK00001B/77